MW01707229

Une espionne
dans la maison de l'amour

DU MÊME AUTEUR
AUX ÉDITIONS STOCK

Journal d'enfance, tome I.
Préface par Joachim Nin-Culmell.
Présenté par Marie-Claire van der Elst.

Journal d'enfance, tome II.
Présenté par Marie-Claire van der Elst.

Journal d'une fiancée (1920-1923), tome III.
Préface par Joachim Nin-Culmell.

Journal d'une jeune mariée (1923-1927), tome IV.
Établi et présenté par Gunther Stuhlmann.

Journal
I (1931-1933)
II (1934-1939)
III (1939-1944)
IV (1944-1947)
V (1947-1955)
VI (1955-1966)
VII (1966-1974)

Les enfants de l'Albatros, *roman.*
Les miroirs dans le jardin, *roman.*
Les chambres du cœur, *roman.*
Le roman de l'avenir, *essai.*
La séduction du Minotaure, *suivie de* Collages, *romans*
Ce que je voulais vous dire, *essais.*
Être une femme, *essais.*
Vénus Erotica.
Les petits oiseaux.
Cahiers secrets (Henry et June).
Inceste, *Journal non expurgé* (1932-1934).
Le feu, *Journal non expurgé* (1934-1937).

Bibliothèque Cosmopolite

Anaïs Nin

Une espionne dans la maison de l'amour

roman

Traduit de l'anglais
par Anne Laurel

Avant-propos
d'André Bay

Stock

TITRE ORIGINAL :

A Spy in The House of Love

© 1978, Rupert Poole,
exécuteur testamentaire d'Anaïs Nin.
© 1964, 1978, 1998, 2003, Éditions Stock
pour la traduction française.

Avant-propos

Publié en France en 1964, puis dans *Les Cités intérieures* en 1978, *A Spy in The House of Love* est paru aux États-Unis en 1954. Cette espionne dans la maison de l'amour, n'est-elle pas d'abord Anaïs elle-même qui veut tout savoir et donc tout expérimenter, et qui apparaît ici déguisée en Sabina (anagramme d'ANAÏS B). Quant à l'espion détecteur de mensonges qui la suit partout, qui l'épie tel un détective privé, est-il autre chose que la projection d'une conscience troublée ? L'ensemble du livre n'offre-t-il pas à la fois une confession, une auto-analyse, une introspection, une descente dans les « cités intérieures » en même temps qu'un plaidoyer ?

Ce quatrième volet des *Cités intérieures* témoigne aussi de l'ambition littéraire d'une Anaïs Nin qui se voudrait reconnue comme une romancière à part entière dans la lignée de ceux qu'elle estime le plus : un D.H. Lawrence, un Proust, un Giraudoux, une Virginia Woolf...

Après Paris, la péniche et la Seine des *Chambres du cœur*, Anaïs Nin nous ramène dans le New York des années quarante. Le lecteur averti reconnaîtra en Alan, Hugo son mari, en Jay, Henry Miller, et il n'est pas interdit de voir dans le détecteur de mensonges une sorte de Dr Otto Rank. Avec Sabina déguisée en folle amoureuse, on retrouve le *Nu descendant un escalier* de Marcel Duchamp si cher à Anaïs Nin. Par rapport à sa vie privée, à ses nombreuses infidélités, on peut se demander si elle ne tend pas à exposer et à justifier sa conduite aux yeux de Hugo son mari, à défendre sa cause en même temps que celle de toutes les femmes éprises de liberté et brimées par leurs familles et toute une morale traditionnelle contre laquelle elle s'insurge.

Il n'en reste pas moins qu'*Une espionne dans la maison de l'amour* se présente dès l'abord comme le roman de la culpabilité et des angoisses qui en résultent, « un fardeau, dit-elle, qu'on ne peut porter seule ». Son autoaccusation se doublera peu à peu d'une autojustification, un combat entre le jour et la nuit. Sabina, drapée dans sa cape tel un toréador, maquillée et soigneusement habillée en fonction des rôles qui l'attendent au-dehors, se veut l'actrice de ses journées et de ses nuits. Elle osera au besoin défier le détecteur de mensonges qui ne cesse de la poursuivre et de la condamner. La vérité, elle voudrait bien pouvoir la dire à Alan, son mari. Répondre à la franchise par la franchise, à la confiance par la confiance, mais la nécessité de mentir s'impose – et c'est alors que le roman se fait porteur d'aveux indirects : elle ment pour ne pas lui dire qu'elle est devenue une autre que ce qu'il croit...

Mais dans le même temps, Sabina ne sait, ne peut, ne veut résister ni au désir ni au plaisir, et Anaïs Nin décrit très bien ce qu'elle éprouve et ressent. Elle s'analyse, elle cherche dans son passé de jeune fille révoltée par la vie quotidienne de la plupart des gens et par l'omniprésence d'une mort toujours proche. Sabina veut Vivre, ramifier le temps en des myriades de vies. Seuls l'amour et les actes d'amour la délivrent, aidés en cela par une imagination qui, avec la musique et la danse, la transporte ailleurs, dans une « île joyeuse », et ainsi, comme une vagabonde qui irait d'île en île, elle va d'amant en amant.

Pendant qu'Anaïs Nin écrit *Une espionne dans la maison de l'amour*, elle est déjà partagée entre son mari Hugo, dont elle tend à faire une sorte de père, et Rupert Pole qui deviendra son second mari, chargé de rassembler les morceaux d'une femme qui s'est éparpillée en voulant trop donner.

À la fin du livre, Sabina retrouve Jay, revenu à New York poussé par la guerre en Europe et le besoin de rejoindre Anaïs. On le reconnaît d'autant plus facilement que Sabina le compare à un vieux Chinois Lao Tseu. Il contribuera à la délivrer de ses faux mystères et du détecteur de mensonges inventé par sa mauvaise conscience, et il sera bientôt secondé par Djuna, et même par le détecteur de mensonges en personne qui lui dira qu'elle doit continuer à chercher l'amour unique, celui qui crée l'unité dans la continuité, au-delà même de l'amour qu'il transcende.

Anaïs Nin a dit qu'elle considérait Sabina comme un portrait de femme moderne cherchant à briser les tabous. En fait, elle ne faisait qu'utiliser ses propres expériences en ce domaine. Elle va jusqu'à suggérer que Sabina est, à son insu, victime du donjuanisme de son père et de leurs singuliers rapports, ou que Sabina, par ses infidélités, vise à séparer amour et sexualité quand, poussée par ses désirs, elle monte au feu...

Une espionne dans la maison de l'amour exprime d'intenses problèmes personnels, mais il est vrai que ces problèmes, notamment celui de l'infidélité et de ses répercussions, concernent la plupart des femmes et des couples. Anaïs tend à montrer que seul un nouvel amour peut apaiser les tourments de la conscience en allant au-delà. « La Vie amoureuse nous vit, elle nous imprègne de sa poésie, on croit la vivre, la forger, la diriger, et même en faire une œuvre d'art, mais si on refuse qu'elle nous vive, elle nous fige et nous rejette dans la mort... »

Ce quatrième volet des *Cités intérieures* illustre bien les intentions d'Anaïs Nin et son combat en faveur du corps amoureux. Si, d'une part, l'être humain ne peut s'accomplir sans conflits avec l'extérieur et doit subir les blessures intérieures qui en résultent, d'autre part, il n'en doit pas moins continuer à lutter pour aimer librement...

Comme pour les romans précédents, quoique meilleur, l'accueil de la critique américaine, retardataire et puritaine, ne fut pas à la hauteur de ce qu'Anaïs Nin se croyait en droit d'espérer, mais contribua néanmoins à augmenter considérablement le nombre et la qualité de ses fidèles.

La traduction française, publiée dix ans plus tard, fut beaucoup mieux reçue. La critique fut unanimement favorable et compréhensive. Je ne retiendrai ici que la phrase terminant l'article de Josane Duranteau (*Combat*, 2 juillet 1964) : « Nulle mieux qu'Anaïs Nin n'aura su dire en artiste le trouble et les conflits de la femme moderne, avide de liberté, curieuse de soi et, par là même, à la recherche de l'Autre, plus fiévreusement qu'on ne le fut jamais. » Pierre Brodin de son côté : « Poétique, attachante, intense, *Une espionne dans la maison de l'amour* n'a pas été desservie par la traduction d'Anne Laurel : elle a su rendre avec bonheur un style extrêmement riche, imagé, subtil, destiné à faire rêver le lecteur et à l'entraîner dans les labyrinthes délicats, somptueux et terribles d'un amour féminin dépeint par une artiste experte en psychanalyse. » Etc. Anaïs Nin était venue à Paris en la circonstance. Dans une interview de Guy Le Clec'h au *Figaro*, le 13 mai 1964, elle déclarait : « Contrairement à ce que dit André Bay dans sa belle préface aux *Miroirs dans le jardin*, il n'y a pas de ressemblance entre mes héroïnes et moi. Il s'agit chaque fois de mythes poétiques à travers lesquels je tente d'éclairer une vérité. Tous mes personnages féminins pourraient figurer les

diverses facettes d'une même femme... »
C'est vrai, chère Anaïs, cette « même femme », c'est vous, et ce n'est pas vous... Vos héroïnes sont seulement des projections romanesques, des créations littéraires et artistiques à qui, pour le bonheur du lecteur, vous donnez beaucoup de vous-même.

André BAY.

Le détecteur de mensonges fut réveillé en sursaut par la sonnerie du téléphone. Il crut d'abord que c'était son réveil, puis il ouvrit les yeux et se rappela les devoirs de sa charge.

La voix qu'il entendit était rauque, comme déguisée. Impossible de discerner ce qui l'altérait : l'alcool, la drogue, l'angoisse, la peur... C'était une voix de femme, ou peut-être d'adolescent imitant une femme, ou de femme imitant un adolescent.

« Qu'est-ce qu'il y a ? demanda le détecteur de mensonges. Allô... allô... allô !...

– Il fallait que je parle à quelqu'un ; je ne peux pas dormir. Il fallait que j'appelle quelqu'un, n'importe qui.

– Vous avez quelque chose à confesser ?...

– À confesser ? répéta la voix avec, cette fois, des inflexions montantes indiscutablement féminines.

– Ne savez-vous pas qui je suis ?

– Non ! J'ai fait un numéro au hasard. C'est bon d'entendre une voix au milieu de la nuit.

– Pourquoi celle d'un étranger ? Vous pouviez appeler un ami !

– Un étranger ne pose pas de questions.

– Vous croyez ?... C'est justement mon métier de poser des questions.

– Qui êtes-vous ?

– Un détecteur de mensonges. »

Un long silence suivit cette déclaration. Le détecteur espérait que sa correspondante allait raccrocher, mais il entendit tousser à l'autre bout du fil.

« Vous êtes encore là ?

– Oui.

– Je pensais que vous alliez raccrocher. »

Un rire résonna dans l'appareil, un rire détendu, léger, en volutes.

« Mais vous n'exercez pas votre métier au téléphone ! s'exclama la voix.

– Exact. Pourtant permettez-moi de vous dire que vous ne m'auriez pas appelé si vous étiez innocente. Le fardeau de la culpabilité est de ceux que les humains ne peuvent porter seuls. Dès qu'un crime est commis quelque part, le coupable lance un appel téléphonique ou se confesse à des inconnus.

– Il n'y a pas eu crime.

– Le seul soulagement : se confesser, se faire prendre, juger, punir... C'est l'idéal de tout criminel. Mais ce n'est pas si simple. Seule une moitié de soi-même souhaite payer pour se libérer des remords ; l'autre moitié, elle, veut rester libre. Une moitié crie : « Attrapez-moi », cependant que l'autre moitié accumule les obstacles et cherche à fuir. C'est un jeu de cache-cache avec la justice. Si la justice a l'esprit vif, elle se lance sur la piste avec l'aide du criminel. Sinon, le criminel prend lui-même soin de son châtiment.

– Dans ce cas, est-ce pire ?

– Je le crois. Nous sommes à nous-mêmes les plus sévères des juges. Nous jugeons non seulement nos actes, mais nos pensées, nos intentions, nos hontes secrètes, nos haines... »

La femme raccrocha. Le détecteur de mensonges demanda au central de retrouver l'origine de l'appel. Cela venait d'un cabaret où il fit son entrée une demi-heure plus tard. Il s'assit sans laisser son regard errer dans la salle, afin que seules ses oreilles fussent attentives... Quand la voix commanda une boisson, il abandonna le journal dans lequel il s'était plongé.

Vêtue de rouge et d'argent, la femme évoquait irrésistiblement l'éclair fulgurant des voitures de pompiers qui fendent les rues de New York en faisant résonner dans les cœurs le gong des catastrophes. Entièrement vêtue de ce rouge et de cet argent qui écorchent la chair comme le hurlement des sirènes. Aussitôt qu'il la vit, le détecteur eut l'impression qu'il allait assister à un incendie.

De ce rouge et de cet argent jaillissait un long cri d'alarme. Et la femme lançait dans l'espace une échelle inattendue au poète qui sommeille en chacun, et à ce poète elle disait : « Monte ! »

Dès qu'elle apparaissait, l'ordre habituel de la cité s'évanouissait devant cette échelle insolite dressée vers le ciel comme celle du baron de Münchhausen.

Mais son échelle, à elle, menait au feu.

De nouveau, le détecteur de mensonges la regarda en prenant le visage sévère que lui imposait sa profession. Elle était incapable de rester tranquille. Elle parlait avec volubilité, fébrilement, sans reprendre haleine, comme effrayée par le silence. Elle semblait mal supporter d'être assise, mais, quand elle dut aller acheter des cigarettes, elle s'empressa de regagner son siège. Toujours sur ses gardes comme si elle avait peur d'être attaquée, inquiète, impatiente, elle buvait avec précipitation. Elle souriait si fugitivement que le détecteur n'était jamais certain qu'elle eût souri ; elle n'écoutait que d'une oreille et, lorsque quelqu'un installé au bar se pencha en criant son nom, elle ne répondit pas tout de suite, comme si ce nom n'était pas le sien.

« Sabina ! » cria l'homme du bar en se penchant sans toutefois lâcher le dossier de sa chaise de peur de basculer, et quelqu'un d'autre, assis plus près d'elle, répéta le nom qu'elle finit par reconnaître.

Au même instant, le détecteur de mensonges secoua la torpeur que la nuit, la voix, le sommeil et l'apparition de la femme avaient fait naître en lui, et il conclut que Sabina manifestait des signes évidents de culpabilité : la façon dont elle surveillait la porte comme si elle guettait le moment de fuir, son bavardage sans suite, ses gestes désordonnés, brusques, sans rapport avec ses propos, l'incohérence de ses phrases, ses silences soudains...

Quand des amis, venus s'asseoir à sa table, s'en allèrent plus loin, elle fut obligée d'élever le ton (elle parlait généralement à voix basse) pour dominer les blues.

Elle parlait d'une soirée où divers incidents s'étaient produits, scènes embrouillées dans lesquelles le détecteur ne parvint à distinguer ni l'héroïne ni la victime ; elle parlait comme dans un rêve entrecoupé de brusques silences, de contradictions, de retours en arrière, avec une fantaisie débridée. Et brusquement elle fut au Maroc, dans un bain maure, avec les femmes indigènes ; elle utilisait leur pierre ponce, et les prostituées lui apprenaient à se peindre les yeux avec du khôl acheté au marché. « C'est de la poussière de charbon ; il faut la mettre dans l'œil. La première fois, cela brûle et donne envie de pleurer, mais c'est justement ce qu'il faut : la poussière s'étale tout autour des paupières et leur fait un ourlet noir et brillant.

– Tu n'as jamais eu d'inflammation ? » lui demanda, à sa droite, quelqu'un que le détecteur de mensonges voyait mal, un personnage falot qu'elle ne regarda même pas en lui répondant : « Oh non ! Les prostituées font bénir leur khôl à la mosquée. » Puis, chacun s'étant esclaffé à cette réplique qu'elle ne trouvait pas drôle, elle éclata de rire elle aussi et, soudain, comme si ses paroles avaient été écrites sur un immense tableau noir, elle effaça d'une simple phrase, comme d'un coup d'éponge, tout ce qu'elle venait de dire. On ne sut plus qui était réellement allé au bain maure, si elle avait vécu cette histoire ou si elle l'avait entendu raconter dans un café ; et, dès que son récit fut effacé dans l'esprit de ses auditeurs, elle en entama un autre...

Les traits et les silhouettes de ses personnages n'étaient qu'esquissés et, quand le détecteur de mensonges commençait à en entrevoir quelques-uns, aussitôt, comme dans un rêve, un autre visage, une autre silhouette s'interposaient entre eux et lui. S'il croyait qu'elle parlait d'une femme, voici qu'il s'agissait d'un jeune homme, et, quand le détecteur croyait voir se préciser les traits du jeune homme, il était contraint d'avouer qu'il avait mal entendu : en réalité, ce jeune homme ressemblait à une femme qui s'était occupée de Sabina pendant un temps, et il se métamorphosait bientôt en un groupe de personnes qui s'étaient moquées d'elle un soir.

Il était impossible de rien retenir des gens qu'elle avait aimés, haïs, dont elle s'était libérée, comme il était impossible de suivre les transformations de la jeune femme elle-même. « En ce temps-là, j'étais blonde... À cette époque, j'étais mariée », disait-elle. Le détecteur ne savait plus qui avait été oublié ou trahi ; et, lorsqu'en désespoir de cause il tenta de se raccrocher à certains termes qui revenaient souvent dans sa conversation, il lui fallut admettre que ces répétitions, loin d'apporter un quelconque éclaircissement, constituaient un tissu de contradictions fondamentales. Ainsi, le mot « actrice » revenait avec persistance ; pourtant, après des heures d'attention, le détecteur eût été incapable d'affirmer si Sabina était actrice, si elle désirait le devenir ou si elle prétendait l'être.

Elle était dévorée par une fièvre de confession qui la forçait à soulever un coin du voile, mais elle s'effrayait dès qu'on l'écoutait trop attentivement ; elle prenait son éponge géante et effaçait ce qu'elle venait de dire. Elle entraînait dans son univers celui qui l'écoutait, puis elle brouillait les pistes pour qu'on ne puisse la démasquer.

L'aurore apparut à la porte et elle se tut. Elle serra sa cape autour de ses épaules, comme pour faire face à une ultime menace, au plus redoutable de ses ennemis. Elle n'offrirait pas à l'aurore ses discours fiévreux. Elle fixa le jour d'un regard courroucé et quitta le cabaret.

Le détecteur de mensonges la suivit.

Lorsque Sabina sortait du sommeil, ses yeux n'étaient que deux minces fentes d'où filtrait un éclat dur de pierre précieuse : la lueur pure, vert sombre, du béryl que la fièvre n'avait pas encore réchauffée. Puis, brusquement, elle était éveillée et sur ses gardes.

Elle ne s'éveillait pas graduellement, confiante, abandonnée au jour naissant. Dès que la lumière ou le bruit effleurait sa conscience, elle se sentait environnée de menaces, s'apprêtait à braver le danger. Son visage exprimait d'abord une crispation nerveuse qui lui ôtait toute beauté. L'angoisse qui annihilait sa vigueur donnait aussi à ses traits des contours vagues, tremblés, sans charme, comme une image qui n'est pas au point.

Lentement, elle devait s'accorder au jour nouveau, mettre au diapason son corps et son esprit. Elle avait du mal à rassembler les diverses parties de son être dispersées par la nuit, et, telle une actrice, il lui fallait se composer une physionomie, une attitude pour aller à la rencontre de la journée.

Si elle soulignait ses sourcils d'un trait de crayon noir, ce n'était pas seulement pour en déguiser la blondeur, mais pour redonner forme et symétrie à une ligne chaotique. Elle se maquillait, se poudrait, non point pour faire ressortir son teint de porcelaine, pour cacher les bouffissures du sommeil, mais pour effacer les sillons creusés par les cauchemars, pour raffermir le dessin de ses joues, pour mettre fin aux luttes internes qui brouillaient l'architecture de son visage et en ternissaient la pureté.

Il lui fallait remodeler sa figure, lisser ses sourcils inquiets, séparer ses cils emmêlés, anéantir les traces des larmes secrètes, versées intérieurement, accentuer sa bouche afin d'y hisser, comme un pavois, un sourire éclatant, car son chaos intime se devinait derrière les désordres du visage, de la chevelure, des vêtements, semblable à ces volcans ignorés, toujours en quête d'une fissure, qui bouleversent soudain les sillons d'un champ paisiblement labouré.

Alors, une fois ces manœuvres terminées, son miroir lui montrait des yeux clairs, un visage rose, souriant, calme, beau. Les multiples gestes qui avaient présidé aux artifices du maquillage avaient apaisé son anxiété ; sa véritable beauté réapparaissait dès qu'elle se sentait en mesure d'affronter le jour, et elle pouvait enfin choisir ses vêtements.

Parce que Sabina croyait que les menaces surgissent aussi bien des objets que des gens, elle examinait sa garde-robe en supputant les dangers qu'elle était susceptible de courir, exactement comme elle l'avait fait quand la lumière du jour avait forcé sa porte et ses volets clos. Quelle robe, quelles chaussures, quel manteau exigeraient moins de son corps et de son cœur en déroute ? Un habit peut être un défi, une discipline, un piège pour l'acteur qui le revêt.

Ce matin-là, elle se décida pour une robe dont la manche était trouée. La dernière fois qu'elle l'avait portée, au lieu de s'écrier : « Je n'ose pas entrer ici », devant le restaurant de grand luxe où elle avait peur de pénétrer, elle avait pu dire : « Je ne peux pas entrer avec une manche trouée. »

Elle décida aussi de mettre sa cape, plus sûre, plus enveloppante qu'un manteau.

La cape enfermait dans ses plis quelques-unes de ces qualités que Sabina imaginait exclusivement masculines : une certaine témérité, une certaine liberté refusée à la femme. Les feintes provocantes du toréador, l'oriflamme des cavaliers médiévaux montant à l'attaque, la voile claquant au vent, le bouclier protecteur levé au milieu de la bataille, Sabina sentait tout cela dès qu'elle posait sa cape sur ses épaules. Une cape largement étalée, c'était la tente des nomades, le drapeau de l'aventure, l'équipement des courses, des combats, des tournois. Les faiblesses de la nuit n'avaient plus qu'à disparaître et le rideau pouvait se lever sur un personnage armé pour combattre.

« Tu es prête », lui dit son miroir. « Tu es prête », lui dirent ses chaussures. « Tu es prête », lui dit sa cape.

Debout, Sabina contempla son image reflétée par la glace ; une image qui n'annonçait pas un rendez-vous paisible et confiant avec l'existence.

Aussi, n'éprouva-t-elle aucune surprise en apercevant par la fenêtre l'homme qui l'avait suivie, immobile au coin de la rue, apparemment plongé dans un journal. Elle ne fut pas surprise, car c'était la matérialisation d'une impression qu'elle avait depuis des années : l'impression qu'un Œil l'observait tout au long de sa vie.

Sabina descendit vers le fleuve en longeant la 18e Rue. Elle avait une démarche légèrement saccadée, comme si elle manquait de souffle ; elle faisait de grandes enjambées, le buste incliné en avant.

La rue était bordée de garages routiers qui, à cette heure, ouvraient leurs lourdes portes de fer, et d'énormes camions en sortaient, obscurcissant le soleil. Leurs roues étaient aussi hautes que Sabina.

Ils s'alignaient en file si serrée que bientôt la promeneuse ne vit plus les maisons de l'autre côté de la rue. Sur sa droite ce n'était plus qu'un mur de moteurs vrombissants, de roues géantes prêtes à se mettre en mouvement. Sur sa gauche, d'autres portes s'ouvraient, d'autres camions avançaient lentement, comme pour engloutir tout ce qui était sur leur route, intimidants, inhumains, si monumentaux qu'on ne pouvait voir leurs conducteurs.

Terrorisée par le bruit, Sabina sentit son corps se recroqueviller. Les camions grossissaient toujours, semblables à des monstres ; le mouvement de leurs roues devenait hallucinant. Elle était comme une enfant dans un monde de géants menaçants. Ses os lui parurent frêles dans ses sandales ; elle se sentit cassante, friable, entourée de dangers, anéantie par ces démons mécanisés.

Elle se sentait à ce point fragile qu'elle sursauta lorsque apparut à sa gauche une femme qui marchait à sa hauteur, du même pas qu'elle. Elle jeta un coup d'œil en biais et fut réconfortée par la taille de l'inconnue, par sa démarche assurée ; elle aussi était vêtue de noir, mais elle avançait sans frayeur.

Puis la femme disparut. Sabina avait dépassé le miroir où elle venait de voir sa propre image. Une image vivante, de taille normale, qui avait un moment cheminé à côté de l'image intérieure, rabougrie, que Sabina avait d'elle-même ; une image qui venait de révéler à Sabina, une fois encore, le fossé qui séparait ses sentiments de la réalité extérieure.

Alors qu'elle avait l'impression d'être toute petite face à des dangers démesurés, elle venait de voir une femme forte, grande, épanouie, à l'échelle de ce qui l'environnait. Dans le miroir, elle avait vu l'image de ce qu'elle était devenue, l'image qu'elle offrait au monde. Et, pourtant, il suffisait parfois d'une roue de camion pour balayer son être profond...

C'était toujours au moment précis où ses forces l'abandonnaient que lui apparaissait Alan, son mari. Il fallait cette faiblesse en elle, ce déséquilibre, cette outrance de ses frayeurs, pour que surgisse le fantôme d'Alan, tel un point fixe dans l'espace. Un visage tranquille, une allure tranquille, une taille si haute qu'elle dénonçait sa présence dans une foule et qu'elle confirmait Sabina dans son sentiment de posséder un mari unique au monde.

Lorsqu'elle le voyait en esprit, Sabina imaginait toujours Alan immobile, comme sur une photo. Elle ne se rappelait ni le contact de son corps ni le son de sa voix ; elle le voyait figé dans une attitude familière, la tête un peu inclinée à cause de sa haute taille, avec quelque chose de calme dans le maintien qui faisait songer à une bénédiction. Elle ne parvenait pas à l'imaginer enjoué, souriant, nerveux ou insouciant. Il ne parlait jamais le premier, il n'imposait pas ses humeurs, ses goûts ou ses dégoûts, mais il attendait, comme un confesseur, les paroles ou les états d'âme des autres. Il avait les qualités passives de ceux qui écoutent, qui reflètent leurs semblables, et, pour Sabina, il était incapable de désirer ardemment quelque chose – sauf que sa femme revienne à la maison.

Généralement, elle voyait de lui deux « photographies » qui montraient deux faces de son personnage, sans pour autant être opposées : sur l'une de ces photos, il écoutait debout, attentif, sagace, lointain ; sur l'autre, il était assis et méditait, en spectateur. Et, chaque fois qu'un incident provoquait en Sabina un mouvement de panique (en l'occurrence, cette banale promenade dans la 18e Rue), elle voyait reparaître ces deux images d'Alan et elle avait envie de rentrer chez elle.

Elle regagna la chambre où elle s'était éveillée quelques heures plus tôt, tira sa valise de dessous le lit et emballa ses affaires. Lorsqu'elle redescendit, le caissier de l'hôtel lui sourit bizarrement au passage. Sabina se demanda si ce sourire était une interrogation, l'expression d'un soupçon, et, comme l'employé à la réception regardait la valise qu'elle portait, elle s'approcha et dit en hésitant : « Est-ce que mon... mon mari n'a pas réglé la note ?

– Votre mari s'est occupé de tout », répondit l'employé.

Sabina rougit de colère ; elle eut envie de crier : « Alors pourquoi me regardez-vous fixement ? Pourquoi cette ironie mal dissimulée ?... » Ah ! Pourquoi avait-elle hésité sur le mot « mari » ?

L'air narquois du personnel de l'hôtel accrut sa mauvaise humeur et sa fatigue ; sa valise lui sembla plus pesante. Quand elle était ainsi envahie par une impression de solitude, chaque objet devenait plus lourd, chaque pièce plus étouffante, chaque besogne plus écrasante. Et surtout le monde lui semblait rempli d'yeux qui la condamnaient. Ah ! quelle ironie dans le sourire de ce caissier, et quelle animosité dans le regard de l'employé...

Le havre de grâce ne se trouvait que deux ou trois rues plus loin, cependant la distance lui parut énorme et les difficultés insurmontables. Elle héla un taxi et lui demanda de la conduire au 55 de la 5ᵉ Avenue.

« Ce n'est qu'à deux rues d'ici, vous pouvez y aller à pied, non ? Vous n'avez pas l'air d'une mauviette », répondit le chauffeur indigné avant de démarrer en trombe.

Sabina se mit à marcher lentement. L'immeuble où elle pénétra était luxueux, mais sans ascenseur, comme beaucoup de maisons du quartier, et il n'y avait personne pour porter ses bagages. Les deux étages qu'elle dut gravir lui apparurent comme l'escalier sans fin des cauchemars. Ces marches allaient lui ôter ses dernières forces...

Mais je suis en sûreté, maintenant. Il sera endormi. Il sera heureux de mon retour. Il m'ouvrira les bras. Il me fera de la place. Je n'aurai plus à lutter.

Avant d'atteindre le palier du deuxième étage, elle aperçut un rai de lumière sous la porte et une joie chaude l'envahit. *Il est là. Il est réveillé.*

Oui ! Ce qu'elle venait de connaître n'avait été qu'une succession d'épreuves ; elle parvenait enfin au refuge, au pays du bonheur.

Je ne peux pas comprendre ce qui m'a poussée à partir. C'est là qu'est le bonheur.

Derrière la porte, elle savait qu'il y avait un monde immuable où les meubles n'étaient jamais déplacés, où les lumières étaient tamisées et douces comme les lampes d'un sanctuaire. Alan se tenait sur le seuil, et ce fut son sourire que Sabina aperçut en premier.

Il avait des dents larges et régulières dans un visage long et étroit. Ses paupières, à demi closes, laissaient à peine filtrer une lueur fauve. Il se tenait très droit, presque au garde-à-vous, et à cause de sa haute taille on eût dit qu'il se penchait non pour regarder Sabina mais parce que sa tête, trop lourde, était entraînée par son propre poids.

C'est ainsi qu'il accueillait toujours sa femme, avec une tendresse qui semblait sous-entendre qu'elle sortait de grands ennuis. Il se précipitait pour la consoler, la choyer. Ses bras ouverts, sa voix paraissaient dire : « Avant tout, il faut que je te calme, que je te réconforte ; avant tout, je veux que tu te retrouves. Tu es trop malmenée par le monde. » Et la tension continuelle, étrange, presque douloureuse, que Sabina ressentait lorsqu'elle était au loin disparaissait tout de suite.

Posément, tranquillement, il prit la valise et la mit dans un placard. Tous ses mouvements paraissaient s'ordonner à partir d'un axe inébranlable et obéir aux lois parfaites de la gravitation. Ses sentiments, ses pensées se mouvaient autour d'un centre fixe, comme dans un système planétaire bien organisé.

Rendue confiante par cette voix unie et bien timbrée, à la fois chaude et claire, par ces attitudes harmonieuses exemptes de brusquerie ou de violence, par ces paroles toujours soigneusement pesées, par ce qu'elle devinait de la vie intérieure d'Alan, Sabina courut à lui, reconnaissante, abandonnée. En son cœur, Alan avait une place à part, il était différent des autres hommes, il était unique ; c'était le seul point fixe dans le flot mouvant de ses sentiments.

« Fatiguée, mon petit ? Le voyage a-t-il été pénible ? La tournée a été une réussite ? »

Il avait trente-cinq ans, cinq ans de plus qu'elle, et pourtant ses tempes s'argentaient et il lui parlait comme un père. Lui avait-il toujours parlé ainsi ? Elle essaya de le revoir à vingt-cinq ans. Mais elle ne pouvait se le figurer différent de ce qu'il était. Déjà, à l'époque, il se tenait de la même manière, il parlait de la même manière, il disait aussi : « Mon petit ».

Un instant, à cause de la caresse contenue dans la voix de l'homme, à cause de l'amoureuse joie qu'il manifestait en l'accueillant telle qu'elle lui revenait, elle fut tentée d'avouer : « Alan, je ne suis pas l'actrice que tu crois. Je ne suis pas partie en tournée. Je n'ai pas quitté New York. J'ai tout inventé. J'ai vécu à l'hôtel avec... »

Elle retint son souffle. C'était sa façon de faire : elle retenait son souffle, et la vérité ne franchissait pas ses lèvres. Jamais la vérité ne parvenait à sortir, ni quand elle était avec

Alan ni dans les chambres d'hôtel où ses amants l'interrogeaient sur son mari. Elle retint donc son souffle pour étrangler la vérité et elle s'efforça d'être cette actrice qu'elle niait être ; elle s'efforça de jouer le rôle qu'elle n'avait pas joué, de décrire le voyage qu'elle n'avait pas fait, d'inventer cette femme qui avait voyagé huit jours, pour que le sourire demeure sur le visage d'Alan, pour ne pas briser sa confiance et son bonheur.

Le court moment où elle retint son souffle lui permit d'opérer la substitution : bientôt Alan eut en face de lui une actrice qui ressuscitait à son profit la semaine écoulée.

« La tournée a été épuisante, mais la pièce a bien marché. Au début, tu le sais, je n'aimais pas mon rôle. Mais j'ai commencé à entrer dans la peau de Madame Bovary et, le second soir, j'ai bien joué. J'ai même rendu les particularités de la voix du personnage et de ses attitudes. Je me suis complètement transformée. Tu sais combien la voix se fait plus aiguë, plus ténue, et comme on multiplie les gestes quand on est nerveux, n'est-ce pas ?

– Quelle comédienne tu fais ! dit Alan. Tu es encore en train de jouer. Tu es entrée dans ce rôle si profondément que tu ne peux en sortir. En ce moment même, tu fais plus de gestes que tu n'en as jamais fait et ta voix a changé. Pourquoi gardes-tu ta main devant ta bouche ? On croirait que tu retiens quelque chose que tu serais tentée de dire.

– C'est ce qu'elle faisait, elle. Il faut que je perde ce tic. Je suis si fatiguée... Je ne peux pas m'empêcher d'être mon personnage.

– Mais moi, je veux retrouver ma Sabina ! »

Parce que Alan avait dit qu'elle jouait un rôle, parce qu'il avait déclaré qu'elle n'était plus Sabina, pas la vraie, celle qu'il aimait, Sabina sentit peu à peu que la femme qui s'était absentée huit jours..., celle qui avait vécu avec son amant dans un petit hôtel, celle que l'étrangeté de cette nouvelle rencontre avait jetée dans une angoisse exprimée par mille gestes inutiles, vains comme le tumulte des eaux ou du vent... Sabina sentit que cette femme-là était réellement une autre personne, différente d'elle-même, un rôle joué au cours d'une tournée. Ainsi s'expliquaient la valise qu'elle portait un instant plus tôt, le sentiment de provisoire, d'irréel qui émanait de ces huit jours. Ce qui s'était passé ne concernait pas Sabina elle-même, seulement sa profession. Elle,

elle était revenue indemne au foyer ; elle pouvait répondre par la franchise à la franchise, par la confiance à la confiance, par un amour unique à l'amour unique que lui portait Alan.

« Il me faut ma Sabina à moi, reprit-il. Je ne veux pas de cette femme qui fait des gestes étranges qu'elle n'avait jamais faits auparavant, qui se cache la bouche comme si elle allait dire quelque chose qu'elle ne veut pas dire, qu'elle ne doit pas dire. »

Il posa encore quelques questions et elle cessa alors de discourir sur son rôle pour décrire la ville où elle avait joué, l'hôtel où elle était descendue, ses compagnons de tournée. Et tout en parlant, elle sentit l'angoisse lui étreindre le cœur, elle sentit monter en elle le flot invisible d'une honte brûlante comme une fièvre, qui soudain la recouvrit, pénétra ses mouvements, assombrit sa beauté, aveugla son regard.

Chacun des récits qu'elle inventait pour Alan, chacun de ses mensonges était toujours suivi non par le remords mais par une impression de métamorphose : aussitôt après avoir parlé, Sabina croyait voir sa robe se faner ; ses yeux se troublaient, elle devenait laide, elle perdait le pouvoir de plaire et d'être aimée.

Pourquoi Alan m'aime-t-il ? Son amour persistera-t-il ? Il aime quelqu'un que je ne suis pas. Je ne suis pas assez belle, je ne suis pas assez bonne, il ne devrait pas m'aimer, je ne le mérite pas. Il existe tellement de femmes avec des visages radieux et des yeux clairs. Alan dit que j'ai de beaux yeux, mais moi, je les déteste ; ce sont des yeux qui mentent. Et ma bouche ment. Il y a seulement quelques heures, un autre l'embrassait... Alan embrasse cette bouche qu'un autre embrassait ; il embrasse les yeux qu'un autre adorait... Des mensonges, rien que des mensonges... Mes vêtements qu'il suspend dans ce placard avec tant de soin ont été caressés, arrachés par un autre si impatient qu'il a déchiré ma robe. Et c'est cette robe qu'Alan suspend avec tant d'amour... Ah, puis-je oublier hier, oublier ce vertige, cette folie ? Puis-je revenir à la maison et reprendre ma place à mon foyer ? Il m'est presque impossible de supporter ces brusques changements ; je ne puis passer sans secousses d'un partenaire à l'autre. Des lambeaux de mon être s'arrachent de moi. Je perds des parties essentielles de mon être ; un fragment de moi-même est encore dans la chambre d'hôtel, un fragment de moi-même fuit ce lieu d'asile où je me trouve, un fragment de moi-même suit un homme qui marche seul dans la rue. Mais peut-être n'est-il pas seul ? Quelqu'un peut prendre ma place à côté de lui pendant que je suis ici. Ce sera ma punition. Et quelqu'un prendra ma place ici, quand je repartirai. Je me sens pleine de remords à l'idée de laisser ces deux hommes seuls chacun de son côté ; je suis responsable de leur solitude et deux fois coupable envers eux... Où que je sois, je me retrouve en morceaux et je n'ose pas rassembler ces morceaux, pas plus que je n'oserais réunir les deux hommes qui sont dans ma vie. En ce moment, je suis ici, en sûreté, et pendant quelques jours au moins, aucune parole, aucun geste ne me blessera. Mais je ne suis pas là tout entière ; il n'y a qu'une moitié de moi à l'abri... Oui, Sabina, tu n'es qu'une actrice ratée. Tu as refusé la discipline, la routine, la monotonie, les répétitions, les efforts soutenus, et maintenant, tu dois changer de rôle tous les jours afin d'éviter qu'un être humain ait de la peine par ta faute. Lave tes yeux menteurs et ton visage menteur, revêts les habits que tu as laissés à la maison, ceux qui appartiennent à Alan, ceux que ses mains ont les premières connus, et joue un rôle de femme sans complications. D'ailleurs, c'est ce que tu as toujours désiré être ; et, en conséquence, ce ne sera pas tout à fait un mensonge.

Alan n'avait jamais compris pourquoi sa femme, lorsqu'elle rentrait à la maison, se précipitait pour prendre un bain, éprouvait l'urgent besoin de changer de robe et de maquillage. C'est parce qu'il ne savait pas qu'au moment où elle entrait dans l'univers de son mari, Sabina se sentait délivrée de l'angoisse, de la honte issues de son écartèlement.

À ce moment précis, une force extérieure la pousse à devenir la femme qu'il cherche, qu'il désire, qu'il crée. Quoi qu'il demande d'elle, elle veut le combler. Elle refuse de se sentir plus longtemps responsable de ce qu'elle a été. Son visage, son corps, ses gestes, sa voix se transforment. La voici devenue la femme qu'Alan aime. Elle est tout amour, tout dévouement, toute adoration ; ses sentiments créent un courant puissant sur lequel elle flotte, ils engloutissent tous ses doutes. Ses yeux étroitement fixés sur le but à atteindre ont l'éclat du diamant. Alors qu'en général ses pupilles dilatées semblent ne rien voir du présent, elles se font plus aiguës, plus précises, cependant que la bonne épouse travaille à tisser ses mensonges donneurs de vie, et elles brillent d'une clarté plus limpide que la vérité.

Sabina veut être la femme qu'Alan veut qu'elle soit...

Parfois, Alan n'est pas sûr de ce qu'il désire réellement. Alors l'orageuse Sabina, la tumultueuse Sabina attend, incroyablement immobile, tout son être attentif aux moindres caprices d'Alan. Elle lui dédie une créature nouvelle, née pour lui, plus innocente qu'aucune jeune fille, car c'est une image pure, abstraite, un être idéal, engendré par leurs désirs conjugués. Elle va même jusqu'à lui sacrifier son rythme de vie, sa fébrilité ; elle renonce à son goût pour les objets pesants, les grandes salles ; elle renonce à ses improvisations et à son mépris des horaires. Pour l'amour de lui, elle pose plus doucement ses mains vigoureuses sur les choses.

« Tu as toujours voulu être une actrice, dit Alan. Je suis heureux que tu aies réalisé ce souhait. Cela me console de tes absences, Sabina. »

Et, pour faire plaisir à son mari, Sabina invente les événements de la semaine passée à Provincetown, les faits et gestes de la troupe, les erreurs de mise en scène, les réactions du public, les divers incidents techniques : plombs sautés, panne de magnétophone. Elle invente, et, durant tout ce temps, elle est tentée de crier la vérité. Elle a envie d'appuyer la tête sur l'épaule protectrice d'Alan, de s'appuyer sur cette force si peu exigeante et qui a d'elle une si parfaite connaissance que le pardon suivrait certainement. Elle souhaite qu'il puisse juger les actes qu'elle accomplit comme il juge les actes des autres, avec sagesse et détachement ; elle souhaite qu'il puisse l'absoudre, comme il absout des inconnus après avoir compris les raisons de leurs gestes.

Si elle désire aussi ardemment ce pardon, c'est avant tout pour pouvoir dormir. Elle sait que l'attend une veillée angoissée. Après avoir écouté le récit imaginaire de la semaine écoulée, après avoir embrassé sa femme avec reconnaissance et avec une faim accrue par son absence, Alan est tombé dans un sommeil profond, plein de confiance en cette nuit qui a vu le retour de Sabina. Mais Sabina, elle, est restée éveillée. Elle se demande si elle n'a pas fait d'erreurs dans ses inventions, si la description de l'hôtel de Provincetown, faite d'après des on-dit, n'est pas fausse. Et puis, se rappellera-t-elle ce qu'elle a inventé ? Alan ne risque-t-il pas de rencontrer un membre de la troupe et d'apprendre qu'elle n'a pas participé à la tournée ?

Comme sur une scène plongée dans l'obscurité, chacun de ses mensonges ressort avec plus d'acuité au milicu de la nuit. Environnés d'ombre, ils deviennent les divers moments d'un rêve et constamment on sent, tout autour, la présence des abîmes qui cernent les cercles de lumière. Sabina sent qu'au-delà de cette chambre, de ce lit, existe un noir abîme. Aujourd'hui, elle a pu échapper au danger. Mais d'autres dangers l'attendent demain.

C'est toujours pendant la nuit qu'elle se demande pourquoi elle a un tel besoin, un besoin désespéré de tendresse. Jeune fille, tandis que ses amies espéraient trouver des amoureux riches, beaux, puissants ou romantiques, elle avait prié avec ferveur pour que celui qu'elle aimerait fût bon.

D'où lui vient ce besoin de tendresse ? A-t-elle une infirmité ? Que serait-ce si elle avait épousé un homme violent, cruel ?

Au seul mot de cruauté, elle sent son cœur battre plus fort. Ce mot représente pour elle de tels dangers qu'elle n'ose même pas les imaginer. Elle avait désiré, elle a obtenu la tendresse de son mari. Et, maintenant qu'elle l'a trouvée, elle risque de la perdre chaque jour, à chaque heure, en se lançant dans d'autres quêtes...

À ses côtés, Alan dort paisiblement. Il conserve sa sérénité jusque dans le sommeil. Le ferme dessin de son nez, de sa bouche, de son menton, les lignes anguleuses de son corps, tout est sculpté dans un matériau qui ne peut s'amollir. Aux heures du désir même, il n'a jamais, comme les autres hommes, le regard fiévreux ou la chevelure en désordre. Jamais il ne délire dans le plaisir, jamais il ne pousse ces sons inarticulés quasi inhumains, qui rappellent la jungle et les origines animales de l'humanité.

Est-ce ce calme qui donne à Sabina une telle confiance ? Alan ne ment jamais. Il peut tout dire à Sabina de ce qu'il pense, de ce qu'il ressent. Et Sabina à son tour pourrait se confier, se confesser à lui... À cette idée, elle se laisse presque engloutir par le sommeil, mais voici que soudain sur l'ombre de la nuit se projette une autre image d'Alan : l'image d'un Alan secoué de sanglots, tel qu'il s'est montré à la mort de son père. Cette évocation réveille Sabina, la secoue d'horreur et de pitié. Et de nouveau elle songe : « Je dois veiller sans cesse à protéger son bonheur, je dois veiller sans cesse sur mon ange gardien... »

Dans l'obscurité, Sabina revécut entièrement les huit jours passés à Provincetown.

À la recherche de la maison d'O'Neill, elle s'était engagée dans les dunes de la plage et elle avait perdu son chemin. Sous le soleil, le sable était si blanc qu'elle avait eu l'impression de se trouver solitaire au sommet d'un glacier.

En bas, la mer bouillonnait, luttait pour remporter le sable dans ses profondeurs ; chaque fois qu'elle se retirait, elle en entraînait un peu et le rapportait à marée haute, construisant selon un plan géologique une mer immobile de sable, un ensemble de vagues pétrifiées.

Sabina s'arrêta, ôta son maillot de bain et s'étendit nue au soleil. Le sable soulevé par le vent déposait sur son corps une légère mousseline. Elle se demanda s'il finirait par la recouvrir entièrement et par l'engloutir dans ce tombeau naturel. L'immobilité appelait toujours en elle l'image de la mort, ce qui la poussait à se lever et à s'affairer. Le repos, pour elle, ressemblait à la mort ; mais ici, baignée de lumière et de chaleur, le visage levé vers le ciel, tandis que la mer s'enroulait et se déroulait à ses pieds, elle n'avait pas peur. Immobile, elle observait le dessin du vent sur le sable et ne ressentait ni angoisse ni fièvre. Elle accueillait avec reconnaissance ce moment de paix, car la splendeur rassurante du soleil et l'incessante activité de la mer lui avaient apaisé, détendu les nerfs.

C'est alors qu'elle entendit un chant. Ce n'était pas l'une de ces chansons que n'importe qui peut fredonner en se promenant au bord de la mer. La voix était puissante, avec un beau timbre grave, accoutumée aux grandes salles. Ni le sable, ni le vent, ni la mer, ni l'espace ne parvenaient à l'assourdir. Le chant montait avec assurance, semblant défier tous les éléments, comme un hymne de vie aussi puissant qu'eux.

Puis l'homme apparut. Son corps était en pleine harmonie avec la voix, parfait écrin pour un tel instrument ; le cou était fort, la tête imposante avec un grand front, les épaules larges, les jambes longues. Un coffre magnifique et qui doit offrir une bonne résonance aux cordes vocales, pensa Sabina, attentive à ne faire aucun mouvement, avec l'espoir que l'inconnu passerait sans la voir et sans interrompre les plaintes de Tristan. Et, tandis que la mélodie continuait, elle se retrouva bientôt au milieu de la Forêt-Noire, dans cette forêt dont parlaient les contes qu'elle avait lus avec avidité dans son enfance. Elle retrouva les arbres géants, les chevaliers et les châteaux démesurés de sa mémoire enfantine.

Le chant montait, s'enflait, enveloppait le ressac de la mer et la féerie rutilante du soleil, rivalisait avec le vent, lançait ses notes les plus hautes dans le ciel comme l'arche d'un arc-en-ciel flamboyant. Puis le chant magique s'arrêta.

L'homme avait vu Sabina.

Il hésita.

Le silence de la jeune femme était aussi éloquent que les plaintes de Tristan, son immobilité aussi envoûtante que l'avait été un instant plus tôt la voix se déployant sur la mer.

(Plus tard, il lui avoua : « Si vous aviez parlé, je serais parti. Vous avez su laisser parler votre présence. C'est à cause de ce silence que je suis allé à vous. »)

Elle le laissa poursuivre son rêve.

En silence, elle le regarda gravir avec aisance la dune de sable. Ses yeux avaient la couleur de la mer. Un moment plus tôt, Sabina contemplait les mille diamants des flots, et voici que maintenant il n'y avait plus que deux diamants encore plus bleus et plus froids, qui venaient vers elle. Et si la mer, le sable et le soleil avaient pu s'unir pour créer un homme qui incarnât la joie de l'après-midi, ils auraient fait naître un homme comme celui qui approchait.

Lorsqu'il fut devant elle, il s'arrêta, lui cachant le soleil et il sourit tandis qu'elle se couvrait de ses vêtements. Le silence continuait à lui servir de messager.

« Les airs de *Tristan et Isolde* paraissent plus beaux ici qu'à l'Opéra », dit enfin Sabina. Et elle remit tranquillement son costume de bain et son collier comme pour ponctuer la fin de l'acte qu'ils venaient de jouer, lui avec sa voix, elle avec le silence de son corps.

Il s'assit à ses côtés.

« Il n'y a qu'un endroit au monde où ils sont encore plus beaux, dit-il, dans la Forêt-Noire, qui est leur pays natal. »

Grâce à son accent, Sabina comprit qu'il en venait et que sa ressemblance avec le héros wagnérien n'était pas fortuite.

« J'ai chanté Tristan là-bas très souvent. Il y a comme un écho dans ces forêts. J'ai souvent l'impression que mon chant s'y enfouit et qu'il jaillira à nouveau longtemps après ma mort. »

Sabina songeait à ces lieux où l'homme cachait l'écho de ses chants, où tout le passé était comme un vaste écho. Ici au contraire on avait besoin de supprimer les souvenirs, de vivre dans le présent, sans l'encombrant bagage de la mémoire. Voilà ce qu'il avait voulu dire ; Sabina le comprenait.

Puis elle fut reprise par son désir de remuer : « Marchons », dit-elle impatiente.

Il lui répondit : « J'ai soif. J'ai laissé là-bas un sac d'oranges. Allons le chercher. »

Ils dégringolèrent les dunes de sable comme s'ils avaient skié sur ses pentes neigeuses, puis ils marchèrent sur le sable mouillé.

« Je connais une plage où chaque pas fait jaillir des étincelles phosphorescentes, dit Sabina.

– Oh ! regardez les sittelles de mer, s'écria brusquement le chanteur, sans qu'il y eût aucun oiseau dans les parages, et Sabina ne put s'empêcher de rire à son imagination fantaisiste.

– Je suis venu me reposer ici avant l'ouverture de l'Opéra », avoua-t-il.

Ils mangèrent les oranges, nagèrent et marchèrent encore. Ils ne s'étendirent sur le sable qu'au coucher du soleil. Sabina attendait de son compagnon un geste violent, en harmonie avec son corps vigoureux, ses bras musclés, son cou puissant. Mais il tourna vers elle ses yeux d'un bleu glacial maintenant, au regard impersonnel, qui semblait regarder au-delà d'elle toutes les femmes réunies provisoirement en une seule. C'était le regard de tous les don Juan qu'elle avait rencontrés, et elle le redoutait. Elle craignait cette alchimie créée par le désir qui faisait d'elle pour un instant l'incarnation de toutes les femmes et qui pouvait aussi bien l'instant suivant désagréger son être.

La femme « unique », la Sabina qu'aimait Alan, était menacée. Elle eut peur du regard de l'inconnu et, sentant son sang se glacer, elle jeta un coup d'œil vers l'homme pour voir s'il avait deviné sa nervosité, deviné que chaque minute augmentait cette nervosité et la paralysait.

Mais, sans avoir le geste violent qu'elle attendait, il lui prit le bout des doigts dans ses mains harmonieuses comme pour l'inviter à faire un tour de valse et dit : « Vous avez les mains froides. » Puis il lui caressa le bras, lui embrassa le creux du coude, les épaules et dit encore : « Vous avez la peau en feu. Est-ce à cause du soleil ? »

Pour le rassurer, elle répondit étourdiment : « C'est le trac. »

Alors il rit, moqueur, incrédule, comme si elle avait avoué qu'elle avait peur de ce qu'il désirait. Un seul homme savait qu'elle avait peur, et elle aurait aimé pouvoir courir vers Alan, fuir cet étranger qu'elle avait essayé de tromper par son attitude, par ses silences savants, par ses regards provocants. C'était trop difficile pour elle ; elle était au bord de l'échec. Effrayée et tendue, elle ne savait plus comment regagner un peu de prestige auprès de cet étranger, puisqu'elle avait étalé une faiblesse que démentait son attitude. Ce rire moqueur, il lui faudrait l'entendre encore une fois, plus tard, lorsque le chanteur lui présenterait son meilleur ami, son compagnon d'aventures, son frère, un autre don Juan aussi doux, aussi aimable et plein d'assurance. Tous deux alors la considéreraient comme quelqu'un de leur espèce, une aventurière, une tigresse, une femme invulnérable, et elle en serait profondément blessée.

Quand l'homme vit qu'elle ne partageait pas son humeur joyeuse, il reprit son sérieux, mais Sabina se sentait encore irritée et son cœur battait à se rompre.

« Il faut que je rentre », dit-elle en se levant et en secouant violemment le sable qui la couvrait.

Il se leva lui aussi, avec empressement, révélant ainsi une longue soumission aux caprices féminins. Il s'habilla, jeta son sac de cuir sur son épaule, et se mit à marcher avec une courtoisie tranquille et pleine d'ironie. Puis il demanda :

« Voulez-vous venir dîner avec moi au *Dragon* ?

– Je ne suis pas libre pour dîner, mais je viendrai un peu plus tard. Vers dix ou onze heures. »

Il s'inclina, toujours ironique, et reprit sa marche indifférente. Son assurance était telle qu'il savait obtenir à l'ultime seconde ce qu'il désirait, et Sabina haïssait et enviait à la fois cette assurance.

Lorsqu'ils furent en ville, tout le monde se retourna sur leur passage. Comme le Joyeux Messager des contes de fées de la Forêt-Noire, il s'avançait, très droit, le torse bombé, avec un sourire de fête. Et Sabina se sentait légère et gaie, et elle était fière de marcher à ses côtés, comme si elle brandissait un trophée. C'était sa vanité, son goût de la conquête qui se trouvait flatté. Elle avait l'illusion d'être puissante et forte : n'avait-elle pas charmé et conquis ce don

Juan ? Cela la rehaussait à ses propres yeux, mais elle savait cette sensation aussi fugitive que l'extase alcoolique, elle savait que le lendemain elle serait plus faible, vaincue, chancelante et vidée jusqu'au tréfonds.

Car il suffisait d'un mot rude, d'une offense, d'une critique pour arrêter son cœur toujours angoissé, hésitant devant les difficultés, hanté par l'image de la catastrophe, l'obsession de la catastrophe, qu'elle retrouvait si bien exprimée dans la *Valse* de Ravel. C'était une valse qui menait aux abîmes : des jupes pailletées tourbillonnent sur les parquets cirés, vont vers le gouffre et les tons mineurs, tout en simulant la légèreté, rappellent sans cesse aux humains que leur destin s'achève dans les ténèbres dernières.

Momentanément le cœur de Sabina était soutenu par la vanité, parce que l'homme qui marchait à ses côtés était d'une éclatante beauté et parce qu'elle était enviée par tous ceux qui les regardaient.

Quand ils se séparèrent, l'homme s'inclina vers sa main, à l'européenne, avec un respect moqueur. Toutefois la voix chaude insista : « Vous viendrez, n'est-ce pas ? » Jusqu'à cette minute, ni sa beauté, ni sa perfection, ni sa nonchalance ne l'avaient véritablement touchée, mais cette légère question la troubla. À cause de cette seconde d'incertitude, elle le considéra soudain comme un être humain proche d'elle parce que vulnérable.

Elle dit : « Des amis m'attendent. »

Alors un sourire, lent à éclore mais éblouissant, éclaira le visage de l'inconnu ; il se redressa et salua de toute sa hauteur : « La relève de la garde à Buckingham Palace ! »

À l'ironie qu'il avait mise dans sa réplique, elle comprit qu'il ne croyait pas aux amis invoqués, mais qu'il pensait plutôt à un autre homme, à un autre amant. Et il n'aurait jamais pu croire qu'elle désirait rentrer chez elle pour ôter le sable de ses cheveux, enduire de crème son visage brûlé par le soleil, repeindre ses ongles et revivre chaque détail de leur rencontre tout en prenant son bain, comme elle aimait à le faire chaque fois qu'elle connaissait une exaltation nouvelle.

Pour pouvoir rejoindre l'homme dans la soirée, il suffisait à Sabina de prévenir d'un mot la fille dont elle partageait la chambre. Mais justement ce soir-là une troisième personne devait passer la nuit avec elles : une amie d'Alan. Sa sortie serait donc plus difficile à expliquer. Une fois encore, il lui faudrait se contenter d'un plaisir volé, d'une aventure clandestine.

Elle attendit que les deux femmes fussent endormies et sortit silencieusement. Elle ne prit pas le boulevard où se promenaient ses amis les artistes ; elle sauta par-dessus la balustrade du quai, se laissa glisser le long des échafaudages de bois, en égratignant ses mains, en accrochant sa robe aux bernacles, et parvint à la plage. Elle contourna la baie et se dirigea vers les quais brillamment éclairés où le *Dragon* proposait sa façade de néon aux explorateurs nocturnes assoiffés.

Aucun de ses amis ne pouvait se permettre le luxe de ce cabaret, où le piano débarrassé de son couvercle ajoutait à l'ambiance générale le rythme de son mécanisme mis à nu, où le pianiste non content de régner sur les abstraites notes de musique réglait également les diverses phases d'un ballet que des figurines de jeu d'échecs dansaient sur de vibrantes tiges métalliques.

Pour atteindre la boîte de nuit, Sabina dut escalader de grandes échelles de fer posées sur un ponton de bois glissant. Elle arriva essoufflée comme si elle venait de plonger et de s'arracher à l'étreinte des algues, mais personne, à part Philip, ne fit attention à elle, car le projecteur n'éclairait que la chanteuse de blues.

Philip rougit de plaisir sous son hâle. Il avança une chaise et se pencha en murmurant : « J'avais peur que vous ne veniez pas. En passant devant votre studio, je n'ai vu aucune lumière. Je me suis approché, j'ai frappé à la fenêtre, pas trop fort parce que je vois mal la nuit et que je craignais de m'être trompé... Personne n'a répondu. J'ai fait les cent pas en trébuchant dans l'obscurité... j'ai attendu !... »

Terrorisée à l'idée que Philip aurait pu réveiller ses amies, à l'idée du danger évité de justesse, Sabina fut envahie par la fièvre de la peur. À la lumière du soir, son compagnon lui parut d'une beauté ensorcelante et elle se sentit désarmée, troublée, en l'imaginant tel qu'il devait être durant sa quête aveugle, tâtonnante, sous la fenêtre, dans l'obscurité. Ses yeux, qu'elle avait cerclés de khôl comme les femmes arabes, luisaient d'un éclat sombre. Les paupières légèrement bleutées et l'ombre des sourcils non épilés donnaient à son regard une profondeur qu'il n'avait pas pendant le jour.

Longuement, elle se délecta en contemplant le modelé expressif du visage de son compagnon, en détaillant le contraste qu'il y avait entre la tête puissante et les mains aux longs doigts lisses couvertes d'un fin duvet. Quant à lui, tout en caressant le bras de la jeune femme, il paraissait jouer en musicien averti sur les cordes cachées d'un instrument qu'il connaissait bien, et il disait : « La beauté de votre bras est exactement celle de votre corps. Si je ne l'avais déjà contemplé sur la plage, je le désirerais rien qu'à voir la forme de votre bras. »

Le désir était pour eux comme une île volcanique sur laquelle ils gisaient, dans l'extase, en épiant les mouvements souterrains qui se laissaient deviner. Autour d'eux tout dansait, la table et le sol, les blues énervés, déracinés par l'appel sensuel, et leurs corps étaient secoués de frissons. Sous la peau fine, sous les duvets secrets, sous les rondeurs et les plis de la chair coulait la lave volcanique, incandescente du désir, et les blues devenaient des cris rauques et déchirants, des cris d'oiseau sauvage ou de bête fauve, cris de plaisir, cris d'alarme, cris de peur, cris d'enfantement, cris de douleur, qui montaient des abîmes insondables de la nature.

L'approche du désir faisait trembler leurs mains, leurs corps ; elle rendait la danse insupportable, l'attente insupportable, les cigarettes et le bavardage insupportables. Bientôt viendrait le temps des irrépressibles étreintes, des épilepsies heureuses.

Ils fuirent les yeux du monde, ils fuirent les préludes prophétiques et brûlants des blues. Ils descendirent les échelles rouillées qui mènent au plus profond de la nuit propice, au plus profond de cette nuit que connurent le premier homme et la première femme dans les commencements du monde, au plus profond de cette nuit où les êtres se possèdent sans avoir besoin de parler, sans sérénades, sans cour préalable, sans tournois, sans accessoires secondaires, sans ornements superflus, sans bijoux, sans couronnes à conquérir, où il n'y a plus rien que le rituel heureux, heureux, heureux de la femme qui s'immole, qui s'empale sur le mât dressé de la volupté masculine.

Quand Sabina ouvrit les yeux, elle se retrouva au fond d'une barque, sur le manteau de Philip qui la protégeait de la vase, des infiltrations d'eau de mer et des coquillages. Philip, couché à côté d'elle, la dépasse seulement de la tête et des pieds. Il dort et respire très profondément, avec bonheur. Sabina se redresse dans le clair de lune ; elle est furieuse, car encore une fois c'est elle la vaincue. Sa fièvre est allée jusqu'à la limite, puis s'est évanouie, la frustrant de son désir. Une fièvre folle sans plaisir !... Et maintenant reste la colère. La colère contre ce cœur que rien ne peut faire taire, alors que Sabina rêve d'être comme un homme, libre de posséder un être inconnu, de désirer l'aventure. Son corps refuse de s'abandonner, refuse d'obéir aux caprices de la liberté et elle se sent volée. La fièvre, l'espoir, le mirage, le désir inassouvi, tout cela demeurera en elle pendant la nuit et la journée du lendemain, tout cela se consumera en elle et fera dire aux autres : « Comme elle est sensuelle ! »

Philip se réveilla et sourit avec reconnaissance. Il avait pris, il avait donné, il était satisfait.

Sabina songea que sans doute elle ne le reverrait plus et souhaita désespérément le revoir. Il lui parla de son enfance, de son amour pour la neige ; il avait adoré le ski. Puis une image vint troubler ces souvenirs idylliques et il déclara sans transition : « Les femmes ne me laissent jamais tranquille. »

Sabina rétorqua : « Si jamais tu as envie d'une femme qui n'attende pas constamment que tu lui fasses la cour, viens à moi, je comprendrai.

– Tu es merveilleuse de dire cela, Sabina. Les femmes se vexent si l'on n'est pas toujours prêt à jouer les amants romantiques, surtout lorsqu'on en a le type. »

À cause des dernières paroles de Sabina, Philip revint le lendemain, bien qu'il lui eût avoué n'avoir jamais passé plus d'une soirée avec une femme, « parce que, après, elles deviennent trop exigeantes ». Il revint et ils allèrent vers les dunes. Philip bavarda avec indifférence. En secret, Sabina attendit un mot qui percerait la carapace où elle enfermait sa sensualité, un mot qui la forcerait enfin à répondre et briserait sa résistance. Mais elle comprit soudain l'absurdité de cette espérance. Quelle autre union rechercher alors qu'elle avait fait avorter leur union sensuelle, la seule qui lui eût permis d'atteindre à la liberté masculine, de connaître la jouissance sans esclavage, de se libérer des angoisses qu'elle croyait inséparables de l'amour ?

Ses angoisses ressemblaient à celles des drogués, des alcooliques, des joueurs. Elle ne pouvait pas résister à sa sensualité, elle connaissait les mêmes tentations irrésistibles, la même passion impérieuse, la même fièvre. Et quand elle avait succombé, c'était toujours le découragement, l'amertume, le dégoût... et de nouveau la tentation.

Trois fois, la mer, le soleil et la lune, témoins moqueurs, assistèrent à ses efforts pour posséder véritablement Philip, pour dominer cette aventure et cet homme que les autres lui enviaient.

Et voici que, aujourd'hui, Philip lui avait téléphoné et que par les rues de la ville qu'empourprait l'automne elle se rendait chez lui. Les clochettes de l'anneau indien qu'il lui avait donné tintaient joyeusement.

Sabina se souvenait de la crainte qu'elle avait eue de voir son amant s'évanouir avec l'été. Il ne lui avait pas demandé son adresse. La veille de son départ, il avait reçu la visite d'une amie dont il avait parlé avec réserve, et Sabina avait compris que cette femme était celle qui comptait par-dessus tout. C'était une cantatrice. Philip lui avait donné des leçons, la musique les liait et, quand il parlait d'elle, c'était avec un certain respect dans la voix, un respect qui ne la rendait pas jalouse, mais qui lui évoquait les inflexions qu'avait Alan lorsqu'il parlait de son épouse. Philip avait pour sa cantatrice l'affection qu'Alan éprouvait pour Sabina. Il parlait tendrement de la mauvaise santé de son amie, et Sabina songeait à tous les efforts qu'elle avait faits pour cacher à Philip ses frissons après la nage, sa fatigue après une trop longue marche, sa fièvre après un trop long bain de soleil.

Tout en allant à son rendez-vous, Sabina se proposa à elle-même une sorte de pari : elle renoncerait à Philip si la cantatrice était vraiment belle. Sinon, si cette femme était de celles qu'on aime avec constance, alors elle, Sabina, pourrait demeurer auprès de son amant, être pour lui la fantaisie, la drogue, la fièvre.

Quand elle aperçut l'amie du chanteur, elle fut stupéfaite. Elle n'était pas belle ; elle était pâle, effacée. Mais, près d'elle, Philip semblait heureux, adouci, soumis à son bonheur, moins hautain, moins arrogant, plein de sérénité. Nulle trace d'éclairs dans ses yeux d'un bleu de glace ; au contraire, un doux rayon matinal les éclairait.

Sabina comprit alors que, lorsque Philip voudrait de nouveau connaître la fièvre du désir, il l'appellerait, elle ; il appellerait Sabina.

Durant ses longues insomnies, Sabina reprenait toujours le fil d'Ariane qui la guidait à travers le labyrinthe de sa vie, et elle essayait de découvrir à quel moment de son existence elle avait perdu son chemin.

Cette nuit-là, elle se souvint de ses bains de clair de lune comme s'ils avaient marqué les débuts de son existence plus que ses père et mère, plus que son école ou le lieu de sa naissance. Comme s'ils avaient déterminé son destin plus que l'héritage ancestral ou l'exemple de ses parents. Dans ces bains de clair de lune se cachaient sans doute les motifs secrets de ses actes.

C'est à seize ans que Sabina prit ses premiers bains de lune ; d'abord parce que tout le monde prenait des bains de soleil, ensuite parce qu'on lui avait dit que c'était dangereux, que cela produisait peut-être des effets opposés aux effets des rayons solaires.

La première fois, elle avait eu peur. De nombreux tabous interdisaient de regarder la lune, de nombreuses légendes insistaient sur les conséquences néfastes du sommeil au clair de lune. Sabina savait que les fous supportaient mal la pleine lune, que certains se mettaient alors à hurler comme les animaux, et elle savait que l'astrologie plaçait le subconscient sous l'influence de cette planète.

Mais, depuis toujours, elle préférait la nuit au jour.

En été, le clair de lune tombait juste sur son lit. Elle restait étendue, nue, pendant des heures avant de trouver le sommeil, en se demandant quel changement produirait cette lueur blanche sur sa peau, sur ses cheveux, sur ses yeux et sur ses sentiments.

Lorsqu'elle eut observé ce rite pendant quelque temps, il lui sembla que sa peau prenait peu à peu un éclat lumineux particulier, un éclat nocturne, une luminosité qui rayonnait surtout la nuit, à la lumière artificielle. Les gens le remarquèrent et lui en demandèrent la raison. Quelques-uns chuchotèrent qu'elle se droguait.

Son goût du mystère en fut augmenté. Elle se mit à rêver de cette planète dont une moitié restait dans l'ombre. Elle se sentait apparentée à cet astre des amoureux. Son attrait pour la lune expliquait à ses yeux sa répulsion pour la vie familiale. Elle était sûre de savoir comment vivaient les habitants de la lune ! Sans enfants, sans foyer, sans attaches, ils vivaient comme des amants entièrement libres l'un vis-à-vis de l'autre.

Les bains de clair de lune cristallisèrent les aspirations de Sabina. Jusqu'alors, elle n'avait ressenti qu'une simple révolte contre les existences qui l'entouraient ; mais, quand elle commença à discerner d'autres formes de vie, d'autres couleurs de vie, d'autres domaines inconnus, plus vastes, plus profonds, elle comprit que son refus de la vie quotidienne avait un sens : il allait l'envoyer comme une fusée vers d'autres existences. Sa révolte était une étincelle électrique qui avait accumulé suffisamment d'énergie pour la lancer dans l'espace.

Elle comprit pourquoi elle enrageait en entendant les gens dire qu'on n'avait qu'une seule vie. Elle, elle était certaine de posséder des myriades de vies. Elle perdit la notion du temps et ressentit vivement, douloureusement, la brièveté de l'existence physique. La mort était terriblement proche et le chemin vers la mort vertigineux si on considérait l'existence quotidienne des gens, si on acceptait leurs horaires, leurs emplois du temps, leurs mesures. Ils faisaient tout pour restreindre le temps. Pour eux, il y avait la naissance, l'enfance, l'adolescence, l'amour, le mariage, l'âge mûr, la vieillesse, la mort et ils transmettaient à leurs enfants ce cycle monotone. Mais Sabina, excitée par les rayons de lune, sentit bientôt naître en elle le pouvoir d'étirer le temps, de le ramifier dans des myriades de vies et d'amours, d'allonger le chemin jusqu'à l'infini en d'innombrables détours qui étaient comme les dépositaires d'innombrables désirs. Les rayons de lune avaient fécondé en elle les semences de multiples femmes parce qu'ils étaient fils de cette nuit sans limites dont nous n'avons conscience que dans les songes. La nuit a des racines qui plongent jusqu'aux richesses du passé, afin de les mettre au présent et de les projeter dans le futur.

Sous le regard de la lune, Sabina avait acquis la certitude que la profondeur d'une émotion, la multiplicité des aventures peuvent élargir le temps, et cette idée s'était mise à brûler en elle comme une flamme. Elle se reflétait dans ses yeux, sur sa peau, à tel point que sa mère, fâchée, lui disait : « Tu as l'air d'une tuberculeuse. » La fièvre sourde qui la faisait vivre à un rythme accéléré irradiait sur son visage et attirait les gens, comme les lumières de la vie nocturne attirent les passants.

Et, lorsque enfin elle trouvait le sommeil, c'était le sommeil agité du veilleur de nuit. Constamment sur ses gardes, elle ne pouvait oublier les trahisons, les tricheries du temps qui permet aux pendules de sonner les heures pendant que l'on dort, alors qu'on ne peut jouir de ce que contiennent ces heures.

Sabina regardait Alan fermer les volets ; elle le regardait allumer les lampes, verrouiller la porte d'entrée. Quelle douceur dans cet univers clos... Et pourtant, au lieu de s'abandonner à cette chaleur accueillante, Sabina se sentait agitée, instable, comme un navire qui tire sur ses amarres.

Ce navire rétif, craquant, oscillant sur les vagues, elle le retrouva dans les vagues de *L'Île joyeuse* de Debussy. Autour d'elle, la mélodie tissa un ensemble de brumes fantomatiques errant sur des îles lointaines. Les notes lui arrivèrent comme des caravanes chargées d'épices, de mitres dorées, de calices et de ciboires porteurs de messages de volupté, qui enveloppaient les membres dans des flots de miel et dressaient comme des minarets le désir des hommes étendus sur le sable. Puis des débris de vitraux ballottés par la mer, dispersés par les rayons du soleil et par les courants de la sensualité recouvrirent tous les corps, désirs innombrables cachés au creux de chaque vaguelette comme les mille éléments d'une aurore boréale qui aurait déployé son immense éventail dans le sang. Sabina vit encore une salle de bal inaccessible où les hommes et les femmes étaient vêtus de couleurs rutilantes, et se mouvaient dans une joie et une splendeur incomparables.

Son désir de vivre ces rêves merveilleux lui fit ressentir le monde palpable qui la cernait, comme un obstacle. Ce monde retardait son départ vers la vie lumineuse, vers les personnages incandescents qu'elle faisait attendre.

Le présent – Alan, ses poignets couverts d'un fin duvet brun et soyeux, son long cou toujours incliné vers elle comme l'arbre même de la fidélité – fut poignardé par le rêve insistant qui chantait en elle, par les mirages qui glissaient dans la musique de Debussy, appels incessants, irrésistibles. Ces appels devenaient plus sourds, plus légers si elle n'écoutait pas de tout son être, mais leurs promesses de plaisirs se faisaient plus précises quand ils pénétraient directement les régions intimes et sensibles de son corps en lui apportant sur un dais aérien toutes les oriflammes des gondoles et des fêtes galantes.

Le *Clair de lune* de Debussy luisait aussi sur d'autres villes... Sabina rêva de Paris, la cité des amoureux où les agents de police ont des sourires complices, où les chauffeurs de taxi n'interrompent jamais un baiser...

Le *Clair de lune* de Debussy luisait sur beaucoup de visages inconnus, sur beaucoup d'Îles joyeuses, sur des festivals de musique en Forêt-Noire, sur des marimbas en prière au pied de volcans fumants, sur les danses frénétiques de Haïti. Et Sabina n'y était pas ; elle se trouvait dans une pièce aux volets clos, sous un abat-jour.

La musique se lassa de l'appeler, les touches noires saluèrent ironiquement son apathie sous la forme d'une pavane pour une infante défunte et s'évanouirent. Elle n'entendit plus que l'appel des sirènes de brume dans la baie d'Hudson, sirènes de navires où elle n'embarquerait jamais.

Une semaine plus tard, Sabina, en robe mauve, attendait dans la 5e Avenue l'un des autobus où il est permis de fumer. Une fois assise, elle ouvrit son sac à main, bourré à craquer, en sortit un anneau indien orné de minuscules clochettes, le glissa à son doigt à la place de son alliance et enfouit l'alliance au fond du sac. À partir de cet instant, chacun de ses gestes fut accompagné du tintement des clochettes.

À la 64e Rue, elle sauta de l'autobus avant qu'il ne fût arrêté. Il y avait quelque chose de changé dans sa démarche rapide, vigoureuse, précise. Elle posait le pied à plat sur le sol comme les Latins et les Noirs. En allant chez son mari, elle courbait les épaules ; maintenant elle les rejetait en arrière, elle respirait profondément et sentait sa gorge gonfler la robe mauve.

Les ondulations de sa marche partaient des hanches et se transmettaient par vagues jusqu'aux pieds d'où elles remontaient vers les genoux, les hanches et la cambrure de la taille. Elle marchait avec tout son corps, comme pour le préparer à un événement auquel il devrait participer en entier. Plus d'égarement sur son visage, mais une impétuosité qui forçait les gens à la regarder, attirés par une sorte de magnétisme.

Les lumières du soir s'allumaient, et Sabina se sentait pareille à la cité : toutes ses lumières s'allumaient à la fois en elle. Il y avait des lumières sur ses cheveux, sur ses yeux, sur ses ongles, sur les plis de sa robe qui peu à peu virait au noir.

Quand elle arriva à l'appartement de Philip, elle se rendit compte qu'elle ne savait pas encore s'il vivait seul.

Il la conduisit dans une pièce qui lui ressemblait et qui avait été aménagée exclusivement pour lui. Ses trophées de ski ornaient les murs ; une armée de soldats de plomb en formation de combat se déployait contre un rideau de damas broché. Des piles de partitions musicales gisaient en désordre sur le piano et, au centre de la pièce, sous un parapluie ouvert suspendu au plafond, se dressait un télescope en construction.

« J'ai envie de regarder les étoiles avec un télescope fabriqué de mes mains. Je suis en train de polir les verres ; cela demande beaucoup de temps et de patience.

– Et le parapluie ? demanda Sabina en riant.

– Des enfants gambadent dans l'appartement au-dessus du mien et des particules de plâtre tombent sans arrêt sur ma loupe. Le plus petit grain de poussière peut anéantir le travail d'une journée de polissage. »

Sabina comprenait que Philip veuille regarder les étoiles avec un télescope fait de ses mains. Elle avait hâte que l'instrument soit terminé, et elle demanda combien de temps cela prendrait encore. Absorbés par le télescope, ils bavardèrent en amis et oublièrent un moment les ruses et les passes d'armes des approches nouvelles.

Toujours dans ce même état d'esprit, ils se déshabillèrent. Philip ne cessait d'inventer des grimaces, comme un enfant. Il adorait faire le pitre, comme pour se reposer d'être toujours si impeccablement séduisant. Il imitait parfaitement Frankenstein.

Sabina riait, un peu inquiète cependant. Elle craignait de ne plus aimer Philip si sa beauté le quittait. Elle avait conscience de la fragilité et du manque de consistance de son amour. Si le chanteur de *Tristan et*

Isolde, si le messager de la Forêt-Noire disparaissait, que lui resterait-il à aimer ?

Tout à coup Philip perçut l'intensité du regard de Sabina. Il en fut troublé ; son indifférence fondit sous tant d'ardeur. Il n'aimait pas que les femmes se livrent à des manifestations d'exubérance, mais il aimait savoir qu'elles en étaient capables. Il aimait les troubler au plus profond de leur chair, mais il ne voulait éveiller aucun sentiment qui pût lui être un lien. Il rêvait souvent de prendre une femme qui aurait les mains jointes derrière le dos. Et un jour en voyant un lourd nuage d'orage se poser sur les deux cimes jumelles d'une montagne et les embrasser étroitement, il s'était écrié : « Quelle merveilleuse union ! La montagne est sans bras ! »

Puis, fatigué de faire des grimaces, ayant retrouvé le modelé parfait de son visage, Philip se pencha sur Sabina afin de rendre hommage à ce corps étendu à ses côtés. Et alors le miracle se produisit : la pulsation que les musiciens les plus exaltés n'ont jamais pu rendre, ni les œuvres d'art les plus achevées, ni les travaux de la science ou de la guerre, ni les beautés les plus royales de la nature, la pulsation du plaisir qui transforme le corps en une haute tour de feu d'artifice, jaillit peu à peu, à travers les sens de Sabina, en fontaines de délices. Elle ouvrit les yeux pour contempler la joie éclatante de sa libération : elle était libre, libre comme le sont les hommes ; libre de jouir sans aimer, sans aucune chaleur au cœur ; elle avait enfin connu la volupté auprès d'un étranger. Et elle se souvint d'avoir entendu des hommes déclarer « Ensuite j'ai envie de m'en aller. »

Elle jeta un regard à l'inconnu allongé à côté d'elle. Il était comme une statue qu'elle n'avait plus envie de toucher. Il gisait comme une statue, loin d'elle, étranger, et quelque chose qui ressemblait à de la colère monta, la submergea ; elle eut presque envie de reprendre le don qu'elle venait de faire, d'en effacer les traces, de se détacher de cet homme rapidement et définitivement, de désunir ce qui avait été confondu un moment : leurs souffles, leurs peaux, leurs odeurs, leurs corps.

Elle se glissa hors du lit où Philip dormait, s'habilla dans un silence total et se dirigea sur la pointe des pieds vers la salle de bains.

Elle aperçut sur une tablette une boîte de poudre, un peigne, du rouge à lèvres enveloppés dans des mousselines roses. Sabina sourit. À qui appartenaient ces accessoires ? À l'Épouse, à la Maîtresse ? Comme il était agréable de les contempler sans le moindre petit frisson de regret, d'envie ou de jalousie. C'était là le signe de la liberté. Sabina, désormais, était libre de tout lien, de toute dépendance ; elle était délivrée de la possibilité de souffrir. Elle prit une profonde respiration et comprit qu'elle avait trouvé pour de bon la source du plaisir. Pourquoi avait-ce été si difficile ? Si difficile qu'elle avait souvent simulé ce plaisir.

Tout en se coiffant, en se noircissant les cils, Sabina se dit que cette salle de bains était reposante, c'était une zone neutre où l'on se sentait en sûreté. Au cours de ses déplacements d'un homme à l'autre, d'un amant à l'autre, elle entrait toujours avec bonheur dans ces zones neutres (l'autobus, le taxi, la rue, ici la salle de bains), à l'abri de la souffrance. Si elle avait aimé Philip, comme elle aurait souffert en voyant chacun de ces objets : poudre, épingles à cheveux, peigne !...

On ne peut faire confiance à Philip. Pour lui, je ne suis qu'une passante. Je vais partir ailleurs, là où il ne pourra me trouver, me réclamer. Comme c'est bon de ne pas aimer : je me rappelle les yeux remplis de panique de la femme qui nous a rencontrés, l'autre jour, Philip et moi. Et sa panique disparut lorsqu'il me présenta : « Voici doña Juana. » Au ton de sa voix, la femme avait compris et la peur avait quitté son regard.

C'est avec une assurance toute neuve que Sabina laça ses sandales, jeta sa cape sur ses épaules et lissa ses longs cheveux. Elle était libérée du danger et par conséquent libre de s'en aller « ni vu ni connu », comme elle disait. (Philip prétendait qu'il n'avait jamais vu une femme s'habiller aussi vite, s'emparer aussi prestement de ce qui lui appartenait, sans rien oublier.)

Elle avait si bien appris à faire disparaître les lettres d'amour dans les toilettes, à ne laisser aucun cheveu sur le peigne emprunté, à ramasser toutes les épingles, à effacer les taches de rouge à lèvres, à essuyer les nuages de poudre ! Son regard était celui d'un espion ; ses habitudes, celles d'un espion. Elle savait mettre tous ses vêtements sur une seule chaise pour être sûre de ne laisser aucune trace de son passage au cas où elle devrait s'en aller à la hâte. Elle connaissait toutes les tricheries de l'amour.

Et elle possédait aussi ce qu'elle appelait ses zones neutres : le moment où elle n'appartenait plus à personne, où elle se retrouvait elle-même ; le moment de répit loin de l'amour et du désir ; le moment où elle fuyait si son compagnon avait trop admiré une passante ou parlé trop longtemps d'un amour ancien. Elle savait que les plus petites offenses, les plus petites blessures, les moindres marques d'indifférence ou d'infidélité n'étaient que le prélude à de plus grandes trahisons, et elle se préparait de somptueux contrepoisons. En prévision de l'infidélité future, elle préparait une infidélité égale, ou pire, ou plus totale encore. C'étaient ses issues de secours. Elle accumulait les trahisons pour être prête quand viendrait le choc : « Je n'ai pas été prise à l'improviste, je ne suis pas tombée dans le piège à cause de ma naïveté, de l'aveuglement de ma confiance : j'avais déjà trahi. » Être toujours en avance, un peu en avance sur les trahisons possibles de l'existence. Être toujours prête la première...

Philip dormait encore lorsqu'elle revint dans la chambre. C'était la fin de l'après-midi, la pluie envoyait des bouffées d'air frais sur le lit, mais Sabina n'éprouva aucun besoin de couvrir ou de protéger l'homme endormi.

Elle avait quitté Alan depuis cinq jours seulement, mais à cause de toutes les émotions qu'elle avait ressenties, de toutes les expériences qu'elle avait vécues, de toutes les aventures survenues dans sa vie intérieure au cours de ces cinq jours, elle eut brusquement l'impression d'être partie loin de chez elle depuis très longtemps. L'image d'Alan avait reculé dans le passé, et une grande peur de l'avoir perdu la saisit soudain. Ces cinq jours, qui avaient apporté tant de changements en son corps, avaient distendu le temps, avaient mis d'innombrables kilomètres entre elle et Alan. Ainsi, certains chemins, que l'on a choisis sous l'empire de l'émotion, semblent parfois, sur la carte du cœur, conduire à l'exil.

Poussée par ces pensées, elle retourna chez lui.

« Sabina ! Que je suis heureux ! Je ne t'attendais pas avant la semaine prochaine ! Que s'est-il passé ? Rien de grave ? »

Il était là ! Cinq jours n'avaient changé ni sa voix, ni l'expression enveloppante de son regard. L'appartement était le même ; le même livre était encore ouvert sur le lit, les mêmes revues que l'on n'avait pas encore jetées. Alan n'avait pas mangé tous les fruits qu'elle avait achetés avant de partir. Sabina caressa le cendrier trop plein, dessina de simples rivières sur la couche de poussière de la table. Ici, la vie avait un rythme régulier sans descentes ou remontées vertigineuses.

Le reste de son existence lui apparut comme un grand caprice. Elle chercha la main d'Alan et la tache de rousseur sur son poignet. Puis elle ressentit un besoin impérieux de prendre un bain avant qu'il la touchât, de laver sur son corps les traces des autres mains, des autres odeurs, des autres lieux.

Alan avait acheté pour elle – il voulait lui en faire la surprise – des enregistrements de tam-tams et de chants de l'Île joyeuse. Ils écoutèrent le roulement des tambours, d'abord lointain, comme étouffé dans les lianes de la jungle. On eût dit des pieds enfantins courant dans de la paille sèche, puis vinrent des pas plus lourds sur des planches, puis ce fut le battement de doigts vifs et puissants, et soudain éclata un crépitement si rapide qu'on n'avait pas le temps d'en entendre l'écho. Sabina voyait les corps d'ébène lisse aux reflets de cannelle, à l'ossature invisible, lustrés par les bains dans les mers sauvages, bondir et danser avec des mouvements aussi rapides que l'égrènement fou de leurs tambours, avec leurs pagnes vert émeraude, bleu indigo, rouge vermillon, couleurs de fleurs et de fruits, comme de flamboyants eucalyptus de chair.

Il existait des lieux dans le monde où seule la pulsation du sang rythmait la vie, où se confondaient la vitesse du vent, le tumulte des vagues et les orgies du soleil.

Les voix pleines de sève chantaient joyeusement... Cascabelles... Guyabana... Chinchinegrites !...

« J'aimerais que nous allions ensemble là-bas », dit Sabina.

Alan la contempla d'un air de reproche, blessé d'avoir à lui rappeler : « Je ne peux pas laisser mon travail en ce moment. Un peu plus tard peut-être... » Le regard de Sabina s'immobilisa ; Alan crut y discerner une déception et il ajouta : « Un peu de patience, je t'en prie, Sabina. »

Mais le regard de Sabina n'avait que la fixité du visionnaire. Elle voyait naître un mirage, voler des oiseaux aux noms nouveaux : « cuchuchito, pito royal ». Ils se posaient sur des arbres appelés « liquidambars » et sur sa tête s'étendait un toit de feuilles de palmier liées par des roseaux. *Plus tard, c'était toujours trop tard ; ce qui venait tard n'existait plus.* Atteindre à l'inaccessible n'était qu'une question de distance. Ils étaient venus, les tambours, dans une odeur de cannelle. Bientôt, ils inviteraient Sabina à la danse et elle ne saurait refuser.

Alan remarqua que sa femme avait baissé les paupières comme pour marquer sa soumission. La docilité l'avait donc emporté ! Il ne se rendit pas compte que cette quiétude n'était qu'une forme d'absence : Sabina se trouvait déjà sur l'Île joyeuse.

C'est peut-être la raison qui la fit s'arrêter un jour qu'elle entendit des bruits de tam-tams en passant dans la rue McDougall. Elle s'engouffra dans l'escalier qui descendait et entra dans une sorte de cave, aux murs peints d'orange vif, et s'assit sur un des tambours recouverts de fourrure. Les musiciens étaient absorbés dans le rituel de leur jeu, à la poursuite de leurs propres transes. Une odeur d'épices venait de la cuisine et les anneaux d'or, qui se balançaient aux oreilles, dansaient au-dessus des plats fumants. Au bout d'un instant, des voix entonnèrent une incantation au dieu Alalle. Puis ce fut comme des chants d'oiseaux, des appels d'animaux, des chutes d'eau sur des rochers, des chuchotements de roseaux dont les racines s'enfonçaient comme des doigts dans une lagune. Les tambours se mirent à battre si vite que la pièce se transforma en une forêt aux feuillages dansants, un vent tourbillonnant monta vers Alalle, le dispensateur du plaisir.

Parmi les visages sombres, il y en avait un plus clair. Une grand-mère venue de France ou d'Espagne avait ajouté à l'ébène une nuance de blanc nacré. Les cheveux sombres avaient un reflet profond pareil à celui d'un miroir noir. La tête était ronde, le front large, les joues pleines, les yeux doux et brillants. Sur la peau du tambour, les doigts alertes et fluides jouaient avec une violence qui faisait onduler l'homme des hanches aux épaules.

Sabina l'imagina accroupi auprès d'un feu sur la plage, en train de nager, de bondir, de grimper aux arbres. Rien d'osseux dans ce corps ; rien que cette peau lisse propre aux habitants des mers du Sud, et des muscles vigoureux mais invisibles, comme ceux des chats. Et la goutte de sang blanc qui lui avait éclairci le visage avait aussi donné à ses gestes une fermeté tranquille très différente du staccato nerveux des autres batteurs. Il venait de l'île de la douceur, aux vents légers et aux flots tièdes, où la violence est sous-jacente et n'explose que selon un certain cycle. La vie y est trop berceuse, trop endormeuse pour entretenir une tension continuelle.

Quand les musiciens s'arrêtèrent, ils vinrent s'asseoir à une table voisine de celle de Sabina et se mirent à parler dans un espagnol colonial du XVIe siècle, raffiné et solennel, dans cette langue compassée des vieilles ballades. Ils usaient d'une politesse exquise qui la fit sourire. Le style imposé par les conquérants aux profondeurs de l'âme africaine était comme une ornementation baroque sur une hutte de palmiers. L'un des joueurs, le plus coloré, portait un col blanc empesé, et un parapluie à long manche était appuyé à sa chaise ; il tenait avec soin son chapeau sur les genoux et, pour ne pas déranger les plis de son costume bien repassé, il avait joué uniquement avec les poignets, en remuant la tête de gauche à droite dans son col raide, comme un danseur de Bali.

Sabina eut envie de troubler cette politesse, de briser la surface de cette courtoisie par une extravagance. Quand elle secoua la cendre de sa cigarette, l'anneau indien que lui avait donné Philip tinta, et le joueur au visage pâle se retourna en lui souriant, comme si ce frêle tintement avait été une réponse insolite à son jeu.

Lorsqu'il revint à ses chants, une toile invisible était déjà tissée entre leurs yeux. Sabina ne regardait plus les doigts sur la peau de l'instrument, mais la bouche du chanteur. Ses lèvres étaient pleines, fermement dessinées et, à la manière dont il les ouvrait, on eût dit qu'il faisait l'offrande d'un fruit. Ces lèvres ne se fermaient jamais complètement, elles ne se contractaient pas, elles restaient offertes.

En fait, l'homme offrait à Sabina ces chants qui s'échappaient de la coupe de ses lèvres et elle les buvait ardemment, sans répandre une seule goutte de cette incantation sensuelle. À chaque note, elle sentait sur sa bouche la caresse de la bouche masculine. Puis le chant enfla, le tambour se fit plus sourd, plus âpre ; il battit sur le cœur et le corps de Sabina. Elle devint le tambour lui-même, sa peau tendue résonnait sous les doigts du musicien et les battements se répercutaient dans son corps tout entier. Partout où l'homme posait les yeux, Sabina sentait battre ses doigts : sur son ventre, ses seins, ses hanches. Les yeux se posèrent sur ses pieds nus, et les pieds en réponse battirent au même rythme ; ils se posèrent sur le creux de la taille, là où les hanches commencent à s'épanouir, et Sabina se sentit investie par le chant. Quand l'homme cessa de jouer, il laissa les mains à plat sur la peau de l'instrument comme s'il ne voulait pas les ôter du corps même de Sabina. Un moment, ils continuèrent à se regarder puis ils détournèrent la tête de peur que les autres ne devinent le désir qui les liait.

Puis ils dansèrent et l'homme changea d'attitude. Il plaça ses genoux entre ceux de Sabina d'une manière directe, impérieuse, comme s'il plantait en elle l'ardeur de son désir. Il la tenait si serrée que chacun de leurs mouvements semblait procéder d'un seul corps. Leurs têtes semblaient soudées pour l'éternité. L'homme n'était pas beaucoup plus grand que sa partenaire, mais il se tenait très droit et quand elle levait les yeux vers lui, il lui répondait par un regard empreint d'une si franche sensualité qu'elle n'en pouvait supporter le rayonnement. La fièvre du désir brillait sur le sombre visage comme un clair de lune. Et, en même temps, Sabina devinait dans ce visage une curieuse vague de colère qu'elle ne pouvait comprendre.

Quand la danse s'acheva, l'homme s'inclina dans un salut d'adieu aussi précis que l'avait été l'expression de son désir, puis retourna à ses chants, mais cette fois sans en faire l'offrande à la jeune femme. Pourtant Sabina savait qu'il l'avait désirée. Alors pourquoi renonçait-il à son désir maintenant ? Pourquoi ?

L'angoisse de Sabina devint si forte qu'elle fut sur le point d'interrompre la musique et la danse. Mais elle domina son impulsion, car elle était certaine que cela n'aurait fait que l'éloigner d'elle davantage. Il était orgueilleux ; il y avait en lui un étrange mélange de passivité et d'agressivité. Livré à la musique, il s'était montré radieux, doux, généreux ; dans la danse, tyrannique. Elle n'avait qu'à attendre, respecter les rites.

Le morceau terminé, l'homme vint s'asseoir à sa table et lui offrit un sourire crispé par la souffrance.

« Je sais, dit-il, je sais...

– Vous savez ?

– Je sais, mais ce n'est pas possible », reprit-il gentiment. Et puis soudain sa colère déborda : « Pour moi, c'est tout ou rien. J'ai déjà connu cela... avec une femme comme vous. Vous me désirez, oui, mais ce n'est pas *moi* que vous voulez ! *Vous ne me connaissez pas.* Ce qui vous attire, c'est ce pouvoir sensuel que possède ma race. »

Il prit Sabina par les poignets et lui parla presque dans le visage : « Cela me tue. Toujours le désir, et au moment du don total, le refus. Parce que je suis africain. Que savez-vous de moi ? Que je chante, que je joue du tambour et que vous me désirez. Mais je ne suis pas un chanteur de cabaret. Je suis mathématicien, compositeur et écrivain. » Il la regarda d'un air sévère ; ses lèvres pleines se contractaient difficilement, presque incapables d'exprimer la colère, mais ses regards étaient cinglants : « Vous ne viendriez pas avec moi à l'Île joyeuse, vous refuseriez d'être ma femme, de me donner des enfants noirs, et de vous occuper avec patience de ma grand-mère noire. »

Sabina lui répondit avec la même violence, en rejetant ses mèches de cheveux en arrière et en baissant la voix pour qu'elle sonnât comme une insulte : « Je vais vous dire une chose. Je ne cherche pas seulement ce à quoi vous pensez. Je l'ai connu et cela ne m'a pas suffi. C'était magnifique, mais ce n'était pas assez. Vous détruisez tout avec votre rancœur, vous êtes aigri parce que vous avez été humilié...

– Oui, c'est vrai ! J'ai été blessé par une femme qui vous ressemblait. Quand vous êtes entrée, j'ai cru que c'était elle...

– Je m'appelle Sabina.

– Je n'ai aucune confiance en vous. »

Cependant lorsqu'elle se leva pour danser, il lui ouvrit les bras et toute trace de colère et d'amertume avait disparu quand elle appuya la tête sur son épaule.

Le studio de Mambo était situé place Patchen, dans une rue sans issue. Une grille de fer en fermait presque l'entrée, comme une grille de prison. Les maisons de l'impasse, toutes identiques, ajoutaient à l'impression que l'on avait de se trouver devant une institution où tout écart de conduite par rapport aux normes admises serait considéré comme une excentricité ou un symptôme de désagrégation.

Sabina détestait cette rue. C'était pour elle une chausse-trape. Elle était sûre que le détecteur de mensonges surveillait ses entrées et ses sorties. Il pouvait si facilement découvrir qui habitait cette rue, qui elle allait voir, de quelle porte elle sortait le matin.

Elle l'imaginait en train d'inspecter toutes les maisons, de lire les noms sur les boîtes aux lettres : E. E. Cummings, Djuna Barnes, Mambo, du fameux cabaret Mambo.

À l'aube, le détecteur de mensonges en personne la verrait sortir drapée dans sa cape pour se protéger de la fraîcheur matinale, les cheveux légèrement en désordre, les yeux pas tout à fait ouverts.

Une fois, au début de l'été, elle avait été réveillée par une pénible tension nerveuse. Toutes les fenêtres étaient ouvertes. L'aurore était proche. La petite rue était silencieuse. Puis un chat miaula. Pourquoi s'était-elle réveillée ? Y avait-il du danger ? Alan guettait-il à la porte ?

Elle entendit une claire voix de femme appeler :

« Betty, Betty ! » À quoi une voix encore ensommeillée répondit : « Qu'est-ce que c'est ?

– Betty ! Un homme est caché dans l'une des allées, je l'ai vu entrer.

– Eh bien, que veux-tu que j'y fasse ? C'est un ivrogne qui rentre chez lui.

– Non, Betty. Il a essayé de se dissimuler quand je me suis penchée à la fenêtre. Dis à Tom d'aller voir. J'ai peur.

– Ne fais pas l'idiote ! Dors. Tom a travaillé tard la nuit dernière, je ne veux pas le réveiller. De toute façon, ce bonhomme ne peut pas s'introduire dans la maison à moins que tu ne presses sur le bouton qui ouvre la porte.

– Mais il sera encore là à attendre quand je sortirai travailler. Appelle Tom !

– Non ! Va dormir ! »

Sabina se mit à trembler. Elle était sûre que c'était Alan. Alan guettait en bas pour la voir sortir. C'était la fin de tout. Alan était le cœur de sa vie. Le reste, les moments de fièvre, n'était que des nuages sans consistance, évanouis à peine nés. Mais si Alan la répudiait, c'était la mort de Sabina. Son existence sous le regard d'Alan était sa seule existence réelle. « Alan m'a chassée » signifiait pour elle « Alan m'a tuée ».

Les caresses de la nuit avaient été exquises : étincelles multicolores d'un ingénieux feu d'artifice, explosions de soleils et de néon à travers tout le corps, étoiles filantes dirigées vers tous les centres de plaisir, feux de joie éclatants... Et, pourtant, pouvait-elle affirmer : « Je resterai ici et je vivrai dorénavant avec Mambo » ? Non, ce n'était qu'un jeu comme celui de ces enfants qui essaient de rester sous les averses des feux d'artifice et dont les étincelles, lumineuses un instant, les couvrent ensuite de cendre.

Deux souvenirs la visitèrent : le souvenir d'Alan en train de sangloter comme il avait sangloté à la mort de son père, et le souvenir d'Alan furieux, comme il savait l'être non point avec elle, mais avec les autres. Ces deux images, également intolérables, l'anéantirent. Et le jour n'en finissait pas d'arriver. Qu'allait-elle faire ? Son angoisse était si grande qu'elle ne pouvait plus rester couchée. Comment expliquer à Mambo un départ aussi matinal ? Néanmoins, elle se leva silencieusement, se glissa tout doucement hors du lit et s'habilla. Elle tremblait, ses vêtements lui échappaient des mains... Il fallait, coûte que coûte, qu'elle sache qui se cachait dans l'allée. Elle ne pouvait plus supporter l'angoisse de l'attente.

Elle quitta l'appartement, lentement, doucement. Elle descendit l'escalier, pieds nus, en tenant ses sandales à la main. Lorsqu'une marche craquait, elle s'arrêtait. Des gouttes de sueur perlaient à ses sourcils, une sensation de faiblesse extrême la faisait frissonner. Elle atteignit enfin la porte et aperçut une silhouette masculine à travers le verre dépoli. L'homme fumait la pipe, comme Alan. Le cœur de Sabina s'arrêta. Elle savait maintenant pourquoi elle avait toujours détesté cette impasse. Elle resta immobile dix bonnes minutes, paralysée par la terreur, la honte et le désespoir.

« C'est la fin de tout ! » murmura-t-elle.

Comme si elle allait mourir, elle fit le bilan de son existence : ses passions les plus exaltantes s'évanouirent devant la perte d'Alan dont l'amour était le cœur de sa vie.

Lorsqu'elle formula cette pensée, son angoisse devint si insupportable qu'elle ne put plus y tenir : elle ouvrit brusquement la porte.

Devant elle se dressait un étranger, les yeux injectés de sang, les jambes flageolantes. Effrayé par l'apparition soudaine de Sabina, il recula en bredouillant : « Peux plus trouver mon nom sur la sonnette, m'dame ; pourriez pas me donner un coup de main ? »

Sabina lui jeta un regard furieux et s'en fut en lui fouettant le visage de sa cape.

Constamment Mambo lui répétait : « Tu ne m'aimes pas. » Il le sentait, les baisers qu'elle lui donnait s'adressaient à la musique, aux légendes, aux arbres, aux tambours des îles d'où il venait ; il sentait qu'elle cherchait à posséder ardemment à la fois son corps et son île, qu'elle lui offrait sa chair comme elle l'eût offerte aux vents des tropiques et que les mouvements ondulants de leur plaisir ressemblaient aux mouvements des nageurs dans les mers du Sud. Ce qu'elle savourait sur ses lèvres, c'étaient les senteurs épicées de son île, et c'était effectivement l'île qui avait appris à Mambo les caresses soyeuses, sans brusquerie ni violence, caresses semblables à son lisse corps d'insulaire.

Sabina s'abreuvait aux sources des tropiques sans le moindre remords ; mais elle connaissait un remords plus subtil : celui d'apporter à Mambo une Sabina hypocrite, qui faisait semblant de n'aimer que lui. Le soir, tandis que le philtre des caresses les emportait dans ses voluptés et les projetait dans l'espace, libérés de toute entrave, pour une fusion parfaite, elle aurait voulu lui offrir une Sabina vraie.

Alors que leurs corps étaient couchés côte à côte, le silence se faisait peu à peu, et dans ce silence tous deux se mettaient à tisser doucement la toile de leur séparation, afin de désunir ce qui avait été un, de reprendre, chacun pour soi, ce qui avait été, pour un temps, partagé. Certaines caresses étaient d'une qualité telle qu'elles défaisaient les isolements les plus tenaces, qu'elles filtraient à travers les défenses les plus épaisses, mais aussitôt après l'échange du plaisir, il fallait en détruire les effets, comme il fallait détruire les germes de la vie.

Avec ténacité, avec patience, Mambo renouvelait alors ses secrètes accusations : Sabina ne souhaitait que le plaisir, elle n'aimait en lui que l'homme des îles, le nageur, le joueur de tambour ; elle n'avait jamais cherché à atteindre, elle n'avait jamais vraiment désiré l'artiste, ce côté de lui-même dont il faisait le plus de cas, le compositeur qui distillait dans sa musique les thèmes barbares de ses ancêtres. Pourtant, il était un exilé, il avait besoin qu'on le ménage, il recherchait les douceurs protectrices et les équilibres nuancés de la musique de Debussy. Sabina supprimait fiévreusement tout souci de délicatesse et disait : « Joue, Mambo, joue. Joue pour moi. »

De son côté, Sabina s'évadait, elle aussi, de l'instant brûlant qui avait effacé leurs différences. Il lui fallait une fois de plus déguiser son être secret qui gisait nu et sans voiles entre les bras de Mambo, car elle entendait dans le silence les accusations muettes de son amant. Avant l'échange des mots qui blessent, tandis que Mambo préparait son acte d'accusation, elle préparait sa métamorphose, afin de pouvoir abandonner, comme un déguisement, la Sabina qu'il frapperait, et dire : « Ce n'est pas moi. » À ce moment-là, ils ne l'atteindraient plus, les mots destructeurs que Mambo adresserait à la première Sabina, celle qu'il avait possédée. Elle serait déjà hors de la jungle de leurs désirs ; son cœur serait loin, invulnérable, protégé par la fuite. Il ne resterait d'elle qu'une défroque vide, en tas sur le sol de la chambre de Mambo.

Sabina se souvenait d'avoir vu un jour une ville ancienne d'Amérique du Sud ravagée par un tremblement de terre. Seules subsistaient les façades de granit des maisons, comme dans les toiles de Chirico ; les portes et les fenêtres à demi arrachées ne s'ouvraient plus sur une famille installée autour du foyer, mais sur des gens qui campaient à la belle étoile, protégés des regards étrangers par un seul mur et une porte.

C'était cela, cet espace sans frontières qu'elle espérait trouver dans les chambres de ses amants. Un espace fermé au monde sur un seul côté, ouvert partout ailleurs sur la mer et les montagnes ; un foyer sans toit ni murs, dressé au milieu des arbres, un plancher où pousseraient des fleurs sauvages aux corolles souriantes, une colonne où nicheraient les oiseaux perdus, et, dans le lointain, des temples, des pyramides et des églises baroques. Mais, quand elle apercevait les quatre murs et le lit poussé dans un coin comme s'il venait de heurter un obstacle en plein vol, elle ne disait pas comme les voyageurs habituels : « Me voici arrivée à destination, je puis quitter ma tenue de voyage », mais : « Me voilà prisonnière, il faudra que je m'échappe tôt ou tard. »

Aucun lieu sur terre, aucun être humain ne résiste au regard critique de l'être épris d'absolu, pour lequel ils ne sont que des entraves empêchant d'atteindre l'idéal rêvé par l'imagination. Sabina condamnait les chambres de ses amants en se posant cette simple question : « Est-ce qu'il me faudra vivre ici toujours ? » Chaque chambre était un symbole d'immobilisation irrévocable ; c'était une sorte de vieillissement prématuré, accéléré. Cette concentration du temps était comme un rayon de la mort qui aurait tout anéanti sur son passage, à la vitesse de cent années-minute.

Devant la ville dévastée, Sabina comprit son péché, son crime, aussi effroyable qu'un assassinat. C'était sa maladie secrète, qu'elle jugeait incurable et innommable. Puis, après avoir effleuré la source de la mort, Sabina revint à celle de la vie. Dans *L'Oiseau de feu* de Stravinski, elle retrouva son autobiographie musicale, la Sabina perdue, la révélation d'elle-même.

Dès les premières approches sensuelles de l'oiseau orangé, traces phosphorescentes dans les forêts de magnolias, elle reconnut ses premières sensations, ses émotions adolescentes, ou plutôt elle n'en vit d'abord que les ombres, elle ne perçut que l'écho de leur éblouissante présence, tandis qu'elle n'osait pas encore entrer dans le cercle de feu.

Puis ce furent les valses préliminaires, les peintures sur verre qu'efface le moindre contact avec une main vivante, les halos lunaires autour des têtes sans visage, les préparatifs de festivités, les tambours sauvages qui préludent à la danse des cœurs et des sens. Ce furent les attentes écarlates, les exaltations qui accélèrent le pouls, le souffle qui passe à travers le col de cygne des trombones et dessine dans l'air ses hiéroglyphes.

Les pièces des feux d'artifice sur leurs armatures de fer agitaient des bras amoureux, dansaient du bout des pieds sur les langues pourpres du Saint-Esprit et bondissaient vers la liberté, ailes orangées du dieu Mercure glissant sur des torches aiguës et sifflant dans l'espace, tels des javelots lancés à travers les nuages, vulves écarlates de la nuit.

En général, les soirs où Sabina allait chez Mambo, ils ne sortaient pas. Quand elle avait décidé de rentrer chez elle à minuit, il n'était ni très difficile ni très dangereux d'expliquer à Alan qu'elle avait passé la soirée avec un ami. Mais il y avait des soirs (lorsqu'elle désirait passer quelques nuits entières avec son amant) où elle quittait Alan en lui annonçant qu'elle partait en tournée. Alors, si Mambo suggérait d'aller au cinéma, le conflit éclatait en elle. Elle refusait d'avouer qu'elle avait peur de rencontrer son mari, et elle se sentait comme une enfant qu'on surveille, car ses sentiments pour Alan ressemblaient moins à ceux d'une femme qui veut rester fidèle qu'à ceux d'une adolescente qui s'échappe de chez elle pour un jeu défendu. D'un côté elle voyait en Alan un bon père, mais un père capable de la punir pour ses mensonges ; d'un autre côté, elle savait que, si elle parlait à Mambo des droits qu'Alan avait sur elle, elle devrait aussi lui confesser la dualité de ses affections. Parfois ses mensonges lui semblaient non une traîtrise bien organisée, mais le plus subtil des systèmes défensifs, parfois elle était tentée de tout raconter à Alan, mais elle savait que, si elle était pardonnée, il exigerait d'elle un changement de vie, et cela arrêtait son élan.

En définitive, elle acceptait d'aller au cinéma comme on fait un pari. Elle examinait non pas tant les qualités du film suggéré par Mambo que les quartiers où il se donnait, l'intérêt qu'il pouvait présenter pour Alan. Si au contraire elle accompagnait Alan, elle devait se souvenir des films que Mambo avait vus, de ceux qu'il désirait voir et, connaissant son fanatisme pour tout ce qui touchait au cinéma, estimer qu'il serait capable de voir deux fois telle ou telle bande. En dernier ressort, comme un joueur, elle interrogeait son instinct.

Une fois qu'elle était installée dans son fauteuil à côté de Mambo, son anxiété augmentait. Peut-être Alan avait-il suffisamment aimé ce film pour désirer le revoir ? Peut-être un ami avait-il réussi à l'emmener en ville ? Et, quand elle était avec Alan, elle songeait que Mambo, lui aussi, était peut-être dans la salle et l'avait vue entrer.

Certains soirs, elle écartait son inquiétude en la mettant sur le compte de la nervosité. D'autres fois, elle allait aux toilettes dès le début du film, pour pouvoir faire lentement le tour de la salle et examiner minutieusement les spectateurs avant de rejoindre Mambo ou Alan. Son angoisse était alors calmée, jusqu'à ce qu'un détail du film la réveillât : un mensonge, une situation fausse, une confession. Elle était surtout sensible aux histoires d'espionnage.

La vie menée par les espions la rendait consciente de la tension exceptionnelle à laquelle elle était elle-même soumise. Cette crainte constante de se trahir, en dormant trop profondément, en parlant en songe, en se trompant d'accent ou en faisant un geste irréfléchi... Ce besoin perpétuel de déguisement, de justifications improvisées, d'explications rapides... Sabina avait l'impression qu'elle aurait pu être d'une grande utilité dans un service d'espionnage.

Je suis une espionne internationale dans la maison de l'amour.

Lorsque son angoisse devenait par trop intolérable, elle la transmuait en enjouement. Les dangers et l'énervement prenaient l'apparence d'un jeu passionnant et hautement humoristique. Sabina jouait à l'enfant qui trompe sa surveillante et s'amuse de sa propre malice. Elle se mettait à discourir, poussée par le besoin de se vanter, et elle se vantait si ouvertement, elle décrivait ses tricheries avec tant de gaieté qu'elle choquait ses auditeurs. L'angoisse et le rire étaient interchangeables à ses yeux. Quand elle était d'humeur à se moquer, ses mensonges, ses escapades devenaient de joyeux efforts pour protéger ceux qui l'entouraient des cruautés d'une existence dont elle n'était pas responsable. Pourquoi ne pas jouer la comédie quand il s'agit de cacher aux hommes les vérités insupportables ?

Mais aucun de ses auditeurs ne partageait ses brusques gaietés ; elle lisait dans les regards une condamnation. Son rire sonnait comme une profanation de ce qui devait rester dans le domaine du tragique. Elle lisait dans les yeux le souhait de la voir tomber du trapèze incandescent où elle balançait de fines ombrelles japonaises, parce que aucun coupable n'a droit à tant d'adresse, aucun coupable n'a le droit d'exister sous prétexte qu'il a le sens de l'équilibre, qu'il sait se maintenir bien au-dessus des lois rigides de la vie. Personne ne partageait son ironie, sa façon de se moquer des lois de l'existence (ces lois qui interdisent de mener plusieurs vies) et personne n'applaudissait si elle réussissait par son adresse à en outrepasser les limites permises.

Lorsqu'elle se tenait ainsi sur un sommet humoristique au-dessus des crevasses du danger, des marécages du remords, tous l'abandonnaient, refusaient de l'absoudre. Chacun attendait l'heure où elle serait punie d'avoir vécu comme une espionne dans la maison des nombreuses amours sans jamais se faire démasquer, d'avoir déjoué la surveillance des sentinelles qui gardent les frontières de ce qui est autorisé, d'avoir voyagé sans passeport d'un amour à un autre.

Toute vie d'espion finit par une mort ignominieuse.

Sabina attendait sur le trottoir le changement de feux au carrefour qui menait à la plage.

Un cycliste stoppa à côté d'elle, et Sabina fut éblouie par l'éclat extraordinaire de ses yeux immenses. Ils brillaient d'un éclat humide, argenté, presque effrayant parce qu'ils révélaient en pleine lumière une panique intérieure. L'éclat de cet argent en fusion troublait comme celui de réflecteurs aveuglants sur le point de s'anéantir dans l'obscurité. Sabina se sentit contaminée par cette panique pareille à l'eau transparente et tremblante d'une pierre précieuse qu'un cyclone encore caché s'apprête à aspirer.

Elle ne remarqua que plus tard les traits délicatement ciselés, le nez court, la bouche au doux modelé contrastant avec le trouble profond exprimé par le regard ; une bouche de très jeune homme, un ensemble de lignes pures sur un visage non encore asservi aux sensations. Le jeune homme avait des gestes libres et légers, des gestes d'adolescent. Les yeux seuls contenaient toute la passion de son être.

Conduisant sa bicyclette comme une voiture de course ou un avion, il était arrivé sur Sabina comme s'il n'avait vu ni les arbres, ni les voitures, ni les gens et il avait presque brûlé le feu rouge.

Pour se délivrer du malaise que lui avait provoqué ce regard, Sabina chercha à en minimiser la cause. « Ce garçon a de beaux yeux, sans plus, se dit-elle. Il a des yeux pleins de passion, ce qui est rare chez les jeunes gens, non, disons seulement que ses yeux sont plus vivants que ceux des autres. » Mais à peine avait-elle cherché à échapper à leur envoûtement que son instinct ajoutait : « Il a vu quelque chose que les autres n'ont pas vu. »

Le feu rouge passa au vert et le cycliste embraya sauvagement ; mais Sabina n'eut pas le temps de poser le pied sur la chaussée que déjà il stoppait tout aussi brusquement et lui demandait, hors d'haleine, le chemin de la plage. Sa voix ressemblait à son regard et contrastait avec sa peau hâlée, lisse, saine.

Il avait demandé son chemin comme si la plage devait lui être un abri contre de terribles dangers. Il n'était pas plus beau que les autres jeunes gens de la ville, mais son extraordinaire regard avait mis Sabina en état de rébellion contre l'endroit où elle séjournait. Avec une ironie amère, elle se souvint de ruines qu'elle avait visitées au Guatemala et de l'exclamation d'un visiteur américain : « Je déteste les ruines, je déteste les déserts, les tombeaux. » Cette station balnéaire était bien plus immobile, bien plus désagrégée que les ruines les plus anciennes. Des nuages de monotonie, de conformisme étaient suspendus au-dessus des demeures neuves et propres, au-dessus des pelouses impeccables, des meubles de jardin bien époussetés. Sur la plage, les hommes et les femmes, tous semblables, dépourvus de tout magnétisme, étaient les zombis de notre civilisation, avec de beaux vêtements et des yeux morts.

Que faisait-elle dans cette ville ? Elle attendait Alan. Alan qui avait promis de venir dès que son travail serait terminé. Mais elle avait la nostalgie d'autres lieux, et cette nostalgie la tenait éveillée. Alors elle se mit à déambuler dans les rues. Sur sa route, elle se heurta à un panneau sur lequel on lisait : « Voici l'emplacement de l'église la plus coûteuse de Long Island. » Elle continua à marcher. À minuit, la ville fut déserte. Chacun était rentré chez lui muni de bouteilles dans lesquelles tous espéraient trouver une gaieté qui avait été mise en bouteilles ailleurs.

« On dirait qu'ils veillent un mort », songea Sabina en jetant un coup d'œil dans les bars où de molles silhouettes s'accrochaient à des bouteilles remplies d'oubli.

À une heure du matin, elle se mit à chercher une pharmacie pour acheter un somnifère : les pharmacies étaient fermées. Elle marcha encore. À deux heures, elle n'en pouvait plus, mais elle subissait toujours le tourment de cette ville qui se refusait aux fêtes de la rue, aux bals publics, aux feux d'artifice, aux orgies de guitare, aux marimbas, aux cris de joie, aux déclamations poétiques et aux sérénades.

À trois heures, elle se dirigea vers la plage pour demander à la lune pourquoi elle permettait à l'une de ses enfants de se sentir si totalement perdue dans cette cité morte depuis longtemps.

Une voiture stoppa à côté d'elle et un agent de police irlandais, très grand, à cheveux blancs, lui demanda poliment : « Puis-je vous ramener chez vous ?

– Je n'arrivais pas à dormir, dit Sabina, je cherchais une pharmacie pour acheter un somnifère ou de l'aspirine. Les pharmacies sont toutes fermées. Alors j'ai essayé de marcher jusqu'à ce que le sommeil vienne...

– Chagrin d'amour ? » demanda l'agent de police.

Il s'appliquait à garder la tête très droite, avec panache, comme pour témoigner non d'une rectitude qu'on lui aurait enseignée en lui apprenant son métier, mais plutôt de la profonde fierté qu'il avait de posséder en lui une rectitude intérieure, symbole de l'orgueil érotique de l'homme. Cependant, Sabina ne trouvait pas de mots pour dire ce qu'elle aurait voulu dire et elle craignait de s'attirer des commentaires puérils, car les paroles maladroites de l'homme démentaient son apparente maturité. Elle dit au hasard : « J'ai la nostalgie de toutes les plages que j'ai connues : Capri, Majorque, la Côte d'Azur, Venise, la Riviera italienne, l'Amérique du Sud.

– Je vous comprends, dit l'homme ; moi aussi j'ai eu le mal du pays lorsque j'ai quitté l'Irlande.

– Il y a un an, je dansais au bord de la mer sous les palmiers. La musique était sauvage et les vagues nous arrosaient les pieds.

– Oui, oui, je vois... J'ai été garde du corps chez un richard. Toutes les nuits on traînait dans les cafés du port. Tous les soirs c'était la fête. Allons, venez ! Je vous emmène à la maison. Ma femme et mes gosses seront endormis, mais je vous trouverai de l'aspirine. »

Sabina monta dans la voiture. L'homme conduisait admirablement. Il lui parla de la vie qu'il avait menée quand il était garde du corps ; il avait fait le tour du monde, dit-il.

« Je déteste cette ville », s'écria Sabina, soudain véhémente.

Son chauffeur avait stoppé sans secousse devant une gentille villa blanche. « Attendez-moi », dit-il en quittant la voiture.

Il revint avec un verre d'eau et deux comprimés d'aspirine. Les nerfs de Sabina se décontractèrent. Elle avala sagement les deux comprimés.

L'homme dirigea le faisceau de sa puissante lampe de poche sur un buisson du jardin : « Regardez », dit-il. Dans l'obscurité elle aperçut des fleurs de velours avec des cœurs noirs et des yeux d'or.

« Comment appelle-t-on ces fleurs ? dit-elle pour faire plaisir à son compagnon.

– Des roses de Sharon, répondit-il gravement, avec le plus pur accent irlandais.

Elles ne poussent qu'en Irlande et à Long Island. »

La révolte de Sabina s'apaisait. Elle se sentit pleine de tendresse pour les roses de Sharon, pour la gentillesse prévenante de l'agent de police. Quel mal se donnait-il pour lui faire oublier les fleurs exotiques dont elle rêvait, pour mettre un peu de beauté dans cette nuit !

« Je vais dormir maintenant, vous pouvez me déposer à Penny Cottage, dit Sabina.

– Non, dit l'agent en reprenant le volant, nous allons suivre le bord de la mer jusqu'à ce que vous tombiez de sommeil. »

Sabina ne prêta qu'une vague attention aux histoires que l'homme lui raconta ; elle ne se réveilla que lorsqu'il dit : « Vous êtes deux aujourd'hui dans le coin à avoir le mal du pays et à me donner du souci. L'autre, c'est un jeune Anglais de l'armée de l'air. Il a été aviateur pendant toute la guerre. Il s'était engagé à dix-sept ans. Et maintenant il ne peut pas se consoler de ne plus voler. Il ne tient pas en place, il fait de la vitesse et n'observe pas le code de la route. Les feux rouges le rendent fou. Quand j'ai compris la situation, je ne lui ai plus collé de contraventions. Il est habitué à voler ; c'est dur pour lui d'être à terre. Je le comprends. »

Sabina sentit monter du sol les brumes du sommeil que parfumaient les roses de Sharon. Dans le ciel luisaient les yeux de l'aviateur qui ne s'habituait pas à la vie terre à terre, aux horizons rétrécis ; un verre d'eau et deux comprimés d'aspirine à la main, un aimable agent de police veillait sur tous les autres êtres qui essayaient, eux aussi, de prendre leur vol. Et Sabina allait s'endormir. Elle allait s'endormir et tandis que la lampe de poche éclairerait le trou de la serrure, que l'auto s'en irait doucement, que les cheveux blancs lui diraient bonne nuit, elle retrouverait son lit...

... À la cabine téléphonique, Alan venait de l'appeler et de lui dire qu'il ne pourrait pas venir. Sabina eut envie de se laisser glisser à terre et de pleurer sur sa solitude. Elle pensa rentrer à New York, mais Alan lui avait demandé d'attendre encore. Il avait dit : « Tu peux bien attendre un jour encore. Je serai là demain. Sois raisonnable. »

Aurait-elle pu lui expliquer que les pelouses impeccables, les églises coûteuses, le ciment neuf et la peinture fraîche peuvent constituer un vaste tombeau sans dieux de pierre à admirer, sans bijoux, sans urnes, sans hiéroglyphes à déchiffrer, que certains lieux dans le monde sont semblables à ces antiques nécropoles où une seule journée vaut un siècle de non-existence ? Les fils du téléphone ne transmettent que les mots des messages, jamais les cris de désespoir ou la détresse du subconscient. Tels les télégrammes, ils se contentent d'assener les faits comme des coups : les arrivées, les départs, les naissances et les morts. Ils ignorent les messages fantaisistes tels que : Long Island est une tombe ; un jour de plus à Long Island, c'est la mort par étouffement. L'aspirine, l'agent de police irlandais et les roses de Sharon sont un traitement trop doux contre les risques de suffocation.

« Moi aussi je suis descendue de mon ciel sur la terre », pensa Sabina.

Juste avant de glisser au fond de la cabine téléphonique, au fond de sa solitude, elle aperçut l'aviateur qui attendait que la cabine fût libre. Il paraissait désemparé, comme incapable de s'habituer au temps de paix. Mais il sourit en reconnaissant celle qui lui avait indiqué le chemin de la plage.

« Vous avez trouvé facilement ? Est-ce que ça vous a plu ? demanda Sabina.

– C'est un peu plat pour mon goût. J'aime les rochers et les palmiers, comme sur les côtes de l'Inde où je me trouvais pendant la guerre. »

La guerre était encore une abstraction dans l'esprit de Sabina. Elle ressemblait aux gens qui ont besoin de sentir la forme de l'hostie sur leur langue pour concevoir pleinement les dogmes de leur religion. La guerre, comme une hostie placée sur sa langue par le jeune aviateur, lui fut soudain très proche ; elle allait être entraînée dans le cycle infernal de la guerre, dans ce monde où l'inconnu se trouvait à son aise. Et, quand il lui dit : « Prenez votre bicyclette et je vous montrerai une plage plus agréable, un peu plus loin », elle comprit que ce n'était pas seulement pour échapper à toutes les gravures de mode couchées sur le sable, aux joueurs de golf et aux mollusques humains collés aux comptoirs humides des bars. C'était pour la plonger dans son univers infernal. Dès qu'ils furent en route, le long de la baie, il se mit à parler.

« J'ai fait cinq ans de guerre. Deux ans aux Indes. J'ai été en Afrique du Nord, j'ai dormi dans le désert, j'ai eu plusieurs blessures, j'ai été envoyé en mission une centaine de fois, j'ai vu toutes sortes de choses... Des hommes qui meurent, des hommes qui hurlent dans des avions en flammes, les bras carbonisés, les mains comme des griffes. La première fois que j'ai été envoyé sur l'aérodrome après un accident... Oh ! l'odeur de la chair qui brûle. Ça donne envie de vomir et ça vous colle dessus pendant des jours. On ne peut pas chasser cette odeur ; elle vous hante. Pourtant, on s'amusait bien, on riait tout le temps. On attrapait des prostituées et on les fourrait dans les lits de ceux qui n'aimaient pas les femmes. On se payait des soûleries qui duraient des jours entiers. J'aimais cette vie. Ah ! les Indes !... J'aimerais y retourner. La vie d'ici, ce que les gens disent, ce qu'ils font, tout ça me rase. J'aime dormir dans le désert. Une fois j'ai vu une Noire accoucher... Elle transportait de la terre pour une piste d'envol en construction. Elle s'est arrêtée pour mettre son enfant au monde sous l'aile d'un avion, et puis elle a emballé son gosse dans un bout de chiffon et elle est retournée à son travail. Vraiment drôle de voir la scène : le gros avion moderne, la négresse à demi nue, en train d'accoucher dessous et après, de nouveau, la femme avec ses seaux pleins de terre. De toute notre escadrille, nous ne sommes que deux, vous savez, à être revenus vivants. Et qu'est-ce qu'on a pu faire comme blagues... Les copains m'avaient prévenu. "Ne deviens pas un rampant. Une fois à terre, on est fini.” Mais il y avait trop de canonniers arrière dans le service, et je n'avais pas envie de rentrer chez moi. Qu'est-ce que c'est la vie civile ? C'est bon pour les vieilles filles. Toujours les mêmes ornières. Les filles rigolent pour rien, les gars se moquent de moi. Il ne se passe jamais rien. Ils ne savent pas rire et ils ne savent pas hurler. Ils ne se font ni tuer ni blesser, mais ils ne savent pas rire non plus. »

Pendant que le jeune homme soliloquait, Sabina devinait dans ses yeux quelque chose qu'elle ne pouvait pas déchiffrer, quelque chose qu'il avait vu et dont il ne voulait pas parler.

« Vous me plaisez parce que vous détestez ce coin et parce que vous ne riez pas bêtement », lui dit-il en lui prenant gentiment la main.

Infatigables, ils marchèrent longtemps le long du golfe et bientôt il n'y eut plus de maisons, plus de jardins soignés, plus de gens, et la plage devint sauvage et ne montra plus de traces de pas, mais seulement des épaves rejetées par la mer. « Comme la collection d'un musée bombardé », dit-il. Puis il ajouta : « Je suis heureux d'avoir trouvé une femme qui marche à mon pas et qui hait ce que je hais. »

Au retour, sa chair était lisse, rose de soleil et de joie. Le léger tremblement de ses gestes avait disparu. Les lucioles étaient si nombreuses qu'elles leur volaient au visage.

« En Amérique du Sud, dit Sabina, les femmes portent des lucioles dans leurs cheveux, et elles ne cessent de secouer la tête pour tenir les bestioles éveillées, car elles ne luisent plus dès qu'elles dorment. »

John se mit à rire.

À la porte de Sabina, il hésita. Il devinait que sa compagne avait loué une chambre dans une villa particulière. Sabina ne fit pas un mouvement pour le retenir, mais elle regarda fixement de ses yeux grands ouverts aux pupilles de velours les yeux du jeune homme comme pour en chasser la crainte.

Il dit à voix très basse : « Je voudrais rester avec toi. » Et il se pencha pour déposer sur sa joue un baiser fraternel.

« Tu le peux, si tu le veux, répondit-elle.

– *Ils* vont m'entendre.

– Tu es fort instruit des choses de la guerre, dit Sabina ; moi, je connais celles de la paix. Si tu t'y prends bien, ils ne t'entendront pas.

– Tu crois ? » murmura-t-il.

Mais Sabina s'aperçut qu'il n'était pas rassuré, qu'en étalant sa science des roueries elle s'était transformée pour lui en une redoutable adversaire. Elle eut un geste de renoncement et ébaucha un mouvement vers la villa. C'est alors qu'il la saisit, qu'il l'embrassa avec désespoir, en lui enfonçant ses doigts frêles et nerveux dans les épaules, dans les cheveux, comme s'il allait se noyer.

« Laisse-moi entrer.

– Enlève tes souliers, murmura-t-elle. Ma chambre est au premier étage. Dans l'escalier, marche à mon pas. On croira que je suis seule. »

Souriant, il la suivit. Une fois dans la pièce et la porte fermée, il inspecta les lieux pour s'assurer qu'il n'était pas tombé dans un piège.

Ses caresses effleuraient Sabina, si légères qu'elle craignait de leur ôter toute réalité en y répondant. Ses doigts la frôlaient, éveillaient ses sens, puis se retiraient ; son visage, son corps s'approchaient et puis s'évanouissaient dans le noir. Le jeune homme pressait contre Sabina son corps svelte et chaud, puis il s'immobilisait et la laissait dans l'attente. Quand il lui prit la bouche, il lui écarta les mains, et quand elle répondit à la pression de ses genoux, il s'éloigna. Ainsi, il essayait chaque contact, il goûtait à chaque parcelle de la peau de Sabina et les abandonnait l'une après l'autre.

On eût dit qu'il voulait seulement embrasser la jeune femme et éluder l'acte final. C'était une danse de tous les sens, une danse frémissante, enivrante, tour à tour ardente et subtile, à l'image de l'attitude qu'il avait eue au long de la journée. La lumière de la rue éclairait leur nudité, mais les yeux de John restaient dans l'ombre, et Sabina se sentait transportée à un tel degré d'exaltation que l'attente du plaisir lui était presque insupportable. Son corps s'était mué sous les caresses en un buisson de roses de Sharon, prêtes à souffler leur pollen, prêtes pour la volupté.

Si longtemps attendue, si longtemps promise, la possession vint et compensa l'attente par une extase prolongée, profonde, bouleversante.

C'était Sabina qui tremblait maintenant ; elle avait fait siennes les angoisses de son partenaire ; elle avait absorbé sa peau lisse, ses yeux éblouis.

À peine l'extase évanouie, John s'éloigna en murmurant : « La vraie vie, c'est voler dans les airs.

– Il est d'autres manières de quitter la terre », dit Sabina.

Mais elle vit que le corps de John ne frémissait déjà plus et elle sut qu'elle demeurait seule avec son émoi, que le moment qu'elle venait de vivre lui avait permis de voler aussi haut, aussi vite qu'elle le désirait, mais qu'elle ne volerait jamais plus haut, jamais plus vite.

Presque aussitôt, John se mit à parler dans le noir, d'avions en flammes, de corps épars, de cadavres sur lesquels on bute.

« Il y en a qui meurent en silence. Leurs regards seuls disent qu'ils vont mourir. D'autres hurlent, et il faut se détourner et ne pas regarder leurs yeux. À l'entraînement, la première chose qu'on m'a dite, c'est de ne jamais regarder les yeux d'un mourant.

– Et tu l'as fait ? interrogea-t-elle.

– Non ! Non !

– Si ! Je le sais. Je le vois dans tes yeux. Tu as regardé les yeux d'un homme qui mourait. La première fois peut-être... »

Elle l'imaginait nettement, à dix-sept ans, encore adolescent, avec sa peau de fille, ses traits fins, son nez droit et court, sa bouche féminine, son rire timide, cette tendresse de tout son visage et de tout son corps, regardant droit dans les yeux des mourants...

« L'homme qui a dirigé mon entraînement m'avait dit : "Ne regarde jamais les yeux des mourants ou tu deviendras fou." Crois-tu que je sois fou ? Est-ce cela que tu veux dire ?

– Non, tu n'es pas fou. Tu as été blessé, effrayé, désespéré, et tu crois que tu n'as pas le droit de vivre et d'être heureux parce que tes amis sont morts ou parce qu'ils volent encore.

– Je voudrais être là-bas, boire avec eux, voler avec eux, voir de nouveaux pays, de nouveaux visages, dormir dans le désert ; on sait qu'on peut mourir à tout moment ; alors il faut se dépêcher de boire, de se battre et de rire. Je voudrais être là-bas, au lieu d'être ici à faire le mal.

– Faire le mal ?

– Ce n'est pas le mal, ce que nous avons fait ? Tu peux dire le contraire ? »

Il se leva et s'habilla. Ses mots avaient détruit la joie de Sabina. Elle remonta le drap jusqu'au menton et se tut. Quand il fut prêt, avant de mettre ses chaussures, il se pencha sur elle et, de la voix tendre d'un jeune homme qui joue au papa : « Veux-tu que je te borde avant de partir ? demanda-t-il.

– Oui, oui, dit Sabina tandis que son chagrin fondait, oui. »

Elle était éperdue de reconnaissance, non seulement parce que John avait pensé à faire ce geste protecteur avant de s'en aller, mais parce qu'il n'aurait jamais proposé de la border s'il avait pensé qu'elle était une mauvaise femme. *On ne borde pas une femme de mauvaise vie.* Et ce geste signifiait peut-être aussi qu'il la reverrait.

Il la borda gentiment, avec l'adresse d'un aviateur entraîné à camper. Sabina se laissa faire. Mais ce qu'il bordait si gentiment ce n'était pas un corps satisfait par une nuit de plaisir : c'était un corps dans lequel il avait injecté le poison dont il mourait lui-même. Il avait injecté dans le corps de Sabina la honte qu'il éprouvait à vivre et à aimer. Il avait mêlé le poison à chaque goutte de plaisir, à chaque baiser. À chaque brûlure de volupté, il avait associé la brûlure de la lame qui tue ce qu'elle aime, la brûlure du remords.

Le lendemain, Alan arriva avec son éternel sourire, son humeur égale ; pour lui sa femme était toujours la même. Sabina avait espéré que cette venue la délivrerait de l'obsession qui s'était emparée d'elle la nuit précédente, mais Alan était trop étranger au chaos où elle se débattait, et la main qu'il tendait vers elle, l'amour qu'il lui offrait n'étaient pas assez forts pour anéantir le sortilège qu'elle subissait, le plaisir qui avait pris possession de son corps en même temps que le poison aigu, intense, qui y était mêlé.

Elle voulait sauver John de sa folie. Elle voulait lui prouver que le remords qui le rongeait était une aberration, qu'en voyant le mal partout, dans ses propres désirs, en Sabina elle-même, il ne faisait que manifester une sensibilité maladive.

L'angoisse, l'ardeur dévorante, la panique contenues dans le regard de John étaient passées en elle. Si seulement elle n'avait pas regardé dans ces yeux fous ! Sabina éprouvait le lancinant désir de sauver le jeune homme parce que, sans savoir comment, elle avait sombré avec lui dans le sentiment du péché. Il lui fallait le sauver, et elle avec lui. Il l'avait empoisonnée, il lui avait transmis sa malédiction. Elle deviendrait folle à son tour si elle ne le sauvait pas et ne changeait pas la vision qu'il avait du monde.

S'il ne l'avait pas bordée, elle se serait peut-être indignée, elle l'aurait détesté, elle aurait détesté l'égarement où il se trouvait. Mais ce geste de tendresse avait aboli toutes ses défenses : il était aveugle, apeuré, tendre, cruel, perdu, et elle était tout cela avec lui, par lui, à travers lui.

Elle ne pouvait même plus rire de ses obsessions d'ex-aviateur. Les avions dont rêvait John ne différaient pas des aventures dans lesquelles elle cherchait d'autres pays, des visages inhabituels, l'oubli, l'étrange, la fantaisie des contes de fées.

Elle comprenait la révolte qu'il avait dû éprouver lorsqu'on l'avait affecté à un service au sol. Ne la ressentait-elle pas chaque fois qu'elle retournait auprès d'Alan ? Si seulement il ne l'avait pas bordée, comme un enfant, l'enfant qu'il était lui-même, perdu dans un monde chaotique et terrifiant. Si seulement il l'avait quittée brutalement en lui jetant sa honte au visage, cette honte d'homme dont la femme souvent doit supporter la violence, cette honte que l'homme jette, comme des pierres, à la face de celle qui l'a tenté et séduit ! Alors elle aurait pu le haïr, l'oublier. Mais il l'avait bordée et il reviendrait sûrement. Il n'avait pas dit : « Tu es une mauvaise femme. » On ne borde pas une femme de mauvaise vie.

Puis, Sabina aux côtés d'Alan rencontra John par hasard et, au regard qu'il lui jeta, elle comprit qu'il avait désormais réussi à la charger de sa honte, qu'il pensait : « Oui, tu es une mauvaise femme », qu'il ne reviendrait plus, et qu'elle demeurait seule, avec le poison dans ses veines, sans espoir de contre-poison.

Alan reparti, Sabina essaya de revoir John. Elle le chercha en vain dans les bars, les restaurants, les cinémas, sur la plage. Elle s'informa là où il louait sa bicyclette : les gens ne l'avaient pas revu mais il n'avait pas encore rendu la bicyclette.

En désespoir de cause, elle alla s'enquérir auprès de la femme à qui il louait sa chambre. La chambre était payée pour toute la semaine, mais il n'était pas rentré depuis trois jours, et la logeuse se faisait du souci parce que le père de son locataire avait téléphoné plusieurs fois.

C'est au bar qu'on l'avait vu pour la dernière fois, avec un groupe d'étrangers qui étaient partis avec lui...

Alors, Sabina se dit qu'il lui fallait rentrer à New York et oublier cette aventure. Mais en pensant à la tendresse du visage de John, à la détresse de son regard, elle s'accusa de désertion. Soudain, le souvenir du plaisir qu'il lui avait donné l'enflamma comme si une coulée de mercure brûlant était montée dans ses veines. Elle vit le souvenir de ce plaisir flotter au creux des vagues où elle nageait, et les vagues devinrent les mains de John ou bien le corps de John abandonné entre ses mains, et elle s'arracha à ces vagues, à ces mains. Sans y réussir d'ailleurs, car le sable chaud c'était encore le corps de John sur lequel elle s'étendait ; c'était sa peau sèche et ses gestes rapides et légers. Et elle se mit à fuir le sable et ses caresses.

Mais dès qu'elle fut sur sa bicyclette, elle eut le sentiment qu'il la poursuivait, qu'elle entendait les appels joyeux du jeune homme, dans le vent : plus vite... plus vite... Oui, le visage de John la poursuivait – ou peut-être était-ce le contraire : était-ce elle qui poursuivait constamment ce visage...

Ce soir-là, elle leva les yeux pour regarder la lune, et ce mouvement réveilla sa peine parce que, pour recevoir les baisers de son amant, elle avait dû lever le visage de la même façon, mais alors deux mains masculines emprisonnaient ses tempes. Seule dans la nuit, elle entrouvrit les lèvres pour recevoir le baiser de John ; ses lèvres se fermèrent sur le vide. Elle faillit hurler de douleur, hurler à la lune, la sourde et l'impassible déesse de l'amour qui brillait, moqueuse, sur une nuit vide, sur un lit vide.

Elle se décida à repasser une fois encore devant chez lui, bien que ce fût tard, bien qu'elle redoutât de voir encore une fois la face vide, morte, de sa fenêtre.

La fenêtre était éclairée et ouverte !

Sabina se cacha derrière un buisson proche et murmura : « John ! » Elle ne voulait pas faire de bruit. Elle avait peur du regard que le monde ne manquerait pas de lancer à cette femme qui attendait sous la fenêtre d'un jeune homme.

« John ! John ! »

Il apparut à la fenêtre, les cheveux ébouriffés, le visage brûlant, les yeux hagards dans le clair de lune.

« Qui est là ? dit-il du ton de quelqu'un qui craint une embuscade.

– Sabina ! Je voulais seulement te demander... Comment vas-tu ?

– Très bien ! Je rentre de l'hôpital.

– De l'hôpital ?

– Un peu de malaria.

– De la malaria ?

– Ça m'arrive quand j'ai trop bu...

– Puis-je te voir demain ? »

Il rit doucement : « Demain mon père arrive.

– Si nous ne pouvons pas nous voir, je ferais mieux de rentrer à New York.

– Je te ferai signe quand je serai à New York moi aussi.

– Peux-tu descendre pour me souhaiter bonne nuit ? »

Il hésita : « On va m'entendre et on le dira à mon père.

– Eh bien, au revoir ! Bonne nuit !...

– Au revoir », dit-il à la fois indifférent et heureux.

Mais Sabina ne pouvait pas quitter Long Island ! John l'avait prise dans les rets d'un plaisir qu'elle voulait ressentir de nouveau ; il l'avait emprisonnée en créant une nouvelle Sabina qu'elle aurait voulu anéantir, il l'avait attachée à lui en lui versant ce poison dont il était seul à pouvoir la délivrer ; il lui avait donné la sensation qu'ensemble ils avaient commis un péché que seul un acte d'amour pouvait transformer en autre chose qu'une banale rencontre d'une nuit.

La lune ricanante la suivit jusqu'à son lit vide. Jamais Sabina n'avait remarqué cette grimace moqueuse, jamais avant cette quête d'amour. *J'ai compris sa folie, alors pourquoi me fuit-il ? Je me sens proche de lui, pourquoi ne se sent-il pas proche de moi ? Pourquoi ne voit-il pas notre ressemblance, la ressemblance de nos folies ? Je cherche l'impossible, je veux ne pas cesser de voler, je hais la vie quotidienne, je cours au-devant des dangers de l'amour comme il court au-devant de la guerre. Il me fuit, la guerre lui inspire moins de terreur que la vie...*

Mais John et la lune ne purent exorciser la folie de Sabina, une folie qui ne se manifestait que lorsqu'on reprochait à la jeune femme de ne pas lire les journaux : « La guerre ne vous intéresse donc pas ?

– Je *sais* ce qu'est la guerre ; je sais tout sur la guerre.

– Vous ne paraissez cependant pas très au courant. »

Oui, j'ai dormi avec la guerre, toute une nuit j'ai dormi avec la guerre. J'ai été gravement blessée, et vous pas, et je ne serai jamais décorée pour ce haut fait d'armes.

Au milieu de ses pérégrinations amoureuses, Sabina était prompte à reconnaître les échos de ses véritables amours. Les véritables amours – si elles n'ont pas péri de mort naturelle – ne disparaissent jamais tout à fait, elles laissent des traces ; interrompues, étouffées accidentellement, elles poursuivent des existences fragmentaires et se répercutent sans fin en échos de plus en plus faibles.

Aux résonances érotiques qui s'éveillaient en elle, Sabina savait déceler immédiatement, au milieu d'une foule, dans une soirée, chez l'un ou l'autre, telle ou telle particularité qui avait appartenu à Philip ou à John : la forme de la bouche, le timbre de la voix, une vague ressemblance. Ces résonances prenaient leur source dans les profondeurs des sens, mystérieux ensemble orchestral qui garde longuement le souvenir d'une sensation, comme les instruments de musique gardent le souvenir du son qu'ils viennent d'émettre. Le corps reste vulnérable à certains retours du passé longtemps après que l'esprit croit avoir tout oublié...

Ainsi le dessin d'une bouche suffisait pour rétablir chez Sabina un courant interrompu, pour réveiller en elle les vibrations créées longtemps auparavant par une autre extase amoureuse. Ses sens étaient comme des rivières où s'accumulaient les sédiments, le superflu, le trop-plein de la première expérience. Une ressemblance partielle réveillait ce qui lui restait d'un amour dont les racines avaient été incomplètement arrachées, et qui n'était pas mort de sa mort naturelle. Car tout ce qu'on extirpe du corps, tout ce qu'on coupe, laisse dans les profondeurs des racines fallacieuses, vivantes, prêtes à refleurir au moindre rappel du passé.

Lorsque Sabina aperçut la silhouette élancée de Donald, ce cou long, ce nez court, d'anciennes émotions ressuscitèrent en elle, assez puissantes pour que leur écho lui donne l'illusion d'un désir nouveau.

Elle ne remarqua pas les différences, la peau plus transparente, les cheveux plus soyeux ; elle ne vit pas que Donald manquait de dynamisme, qu'il traînait légèrement les pieds, qu'il avait une voix indolente, presque geignarde. Elle pensa simplement qu'il parodiait à merveille les gestes ailés des femmes ou la séduction fleurie de leurs lèvres.

Elle souriait avec indulgence quand il disposait sur le lit ses membres, sa tête, ses mains comme un bouquet dans lequel on aurait envie de mordre.

Elle riait quand il étirait langoureusement ses phrases, quand il prenait soudain un ton sévère comme un enfant qui s'amuse à singer l'arrogance paternelle ou les exhalaisons du charme maternel.

Quotidiennement, Sabina recevait comme un aliment le sourire aimable de l'agent de police qui arrêtait la circulation pour elle, l'expression du désir de l'homme qui poussait pour elle la porte tournante ; elle accueillait le regard d'adoration du pharmacien qui lui demandait si elle était actrice, le bouquet du marchand de chaussures qui lui demandait si elle était danseuse. Assise dans l'autobus, elle recevait les rayons de soleil comme une visite intime, personnelle. Elle se sentait de connivence avec le conducteur de camion qui avait freiné brutalement devant elle et qui avait souri parce qu'elle était Sabina et qu'il était heureux qu'elle ait traversé son champ visuel.

Pour Sabina, ces hommages étaient un apanage féminin, mais, à son grand étonnement, elle se rendait compte que Donald croyait qu'ils lui étaient destinés. Il multipliait les pantomimes ; il gonflait le thorax devant l'agent de police, il ondulait des hanches pour imiter la femme qui marchait à leur hauteur.

Sabina riait. Elle attendait la fin de ces comédies et la découverte du véritable Donald...

Lorsqu'ils furent installés au restaurant, face à face, Donald entreprit d'incarner de nouveaux personnages : il commanda le menu du ton tyrannique de l'homme d'affaires et courtisa la serveuse de l'air d'un homme d'État qui a peu de temps pour faire du charme. Puis il se mit à ridiculiser les femmes et leurs absurdités cycliques en imitant avec exactitude leurs caprices, leurs contradictions, et en commentant leur asservissement aux lois de la mode avec une science qui dépassait largement les connaissances de Sabina. En comparant ses goûts et ceux de son compagnon, elle commença à se demander si elle était une vraie femme. Il aimait les petites roses, les bijoux délicats alors qu'elle se plaisait à porter des colliers barbares et détestait les petites fleurs et les bleus pastel.

Elle pensait : « Bientôt il cessera ses enfantillages et nous rirons ensemble de son ridicule costume, de sa chemise qui a la couleur de ma robe, de sa montre rococo, de son portefeuille féminin, de sa mèche teinte en gris argent parmi ses beaux cheveux dorés d'adolescent. »

Mais il continuait ses grimaces. Il possédait une très complète galerie de portraits féminins. Il avait soigneusement exclu de cette galerie les héroïnes du type Jeanne d'Arc, les femmes de science comme Mme Curie, les Florence Nightingale, les Amelia Earhart, les femmes chirurgiens, médecins, artistes, les épouses qui servent de collaboratrices à leur mari. En ses figures de cire féminines étaient concentrées toutes les puérilités et toutes les traîtrises.

« Où as-tu donc trouvé ces femmes répugnantes ? » lui demanda Sabina un jour. Et, brusquement, elle cessa de rire. La caricature n'est-elle pas une expression de la haine ?

C'était dans la gentillesse même de Donald que résidait sa perfidie. Il endormait les gens par sa douceur, sa soumission, et c'est alors qu'il recueillait les matériaux pour ses caricatures. Il regardait toujours un peu en dessous, comme un enfant écrasé par les silhouettes monumentales de ses parents.

Pour saper le pouvoir de ces tyrans, il est nécessaire de les parodier subtilement, de singer la mère, empanachée de plumes et de fourrures, toujours occupée de gens sans importance, tandis que l'enfant pleure de solitude et combat les démons de ses cauchemars.

La mère de Donald dansait, flirtait, gémissait, elle tourbillonnait sans se soucier des chagrins de son fils. Sa voix caressante distillait les contradictions les plus angoissantes : elle lisait des contes de fées et, au moment où l'enfant se mettait à y croire, à organiser sa vie sur ses modèles enchanteurs, la même voix plongeait dans un bain corrosif tous les souhaits, tous les espoirs qu'il avait pu former, et lançait des paroles pires qu'une gifle, qu'une porte claquée ou qu'un dîner sans dessert.

Et voici qu'aujourd'hui, à côté de l'adolescent, il y avait Sabina, une Sabina persuadée qu'elle arriverait à éliminer l'influence corrosive de la mère à force d'être le contraire, de prêter une pleine attention aux vœux secrets de Donald, en refusant de danser, de flirter, en lui consacrant le clair amour de son cœur. Mais, pour Donald, Sabina n'était pas seule à côté de lui ; il y avait également une autre femme, toujours présente. Et Donald,

Sabina et cette femme formaient une espèce de ménage à trois, de triangle indestructible. La silhouette de la mère se dressait ainsi constamment entre eux ; elle interceptait l'amour attendu par Sabina ; elle transformait, par sa seule présence, les termes des messages amoureux que Sabina adressait à Donald et rappelait à son fils que la femme, c'est aussi, pour les hommes, les premières déceptions de l'enfance, les trahisons, les péchés que commet une mère contre son enfant.

Donald s'agenouilla pour rattacher la sandale dénouée de Sabina. Son geste n'avait pas la délicatesse d'un homme amoureux, mais la soumission d'un enfant devant une statue, d'un enfant attentif à la parure féminine mais dépourvu de désir. Dans cette soumission, il satisfaisait son goût secret pour le satin, les plumes, les frivolités, les bijoux, et ses caresses n'allaient pas au pied de Sabina, mais à cette chose qu'il lui était enfin permis d'effleurer sans enfreindre le tabou ultime, le corps de sa mère : la soie qui le recouvre, les cheveux qui l'enveloppent, les fleurs qui l'ornent.

Soudain, Donald releva le visage avec l'expression d'un aveugle qui vient de recouvrer la vue et s'écria : « J'ai ressenti un grand choc, comme une secousse électrique, pendant que je rattachais vos sandales. » Puis, avec la même rapidité, ses traits se recouvrirent à nouveau de la lumière voilée des émotions tamisées et il reprit l'expression vague qui lui était familière : celle d'un être primitif, ayant à peine connaissance de l'existence de la femme, une expression imprécise sur laquelle ne surgiraient jamais les reflets de l'érotisme. Donald adorait les frôlements, les hommages des yeux, les pressions du bout des doigts, mais Sabina ne connaîtrait jamais le poids de la main du jeune homme sur son épaule, elle devait se contenter de caresses furtives, des effluves et des volutes d'un encens délicatement parfumé.

La secousse électrique glissa dans le subconscient de Donald.

En touchant le pied nu de Sabina, il avait ressenti en lui une unité de tout son être, semblable à l'unité première du monde. Il n'avait plus fait qu'un avec la nature, avec sa mère ; il avait eu le vague souvenir d'une existence protégée par la chaleur naturelle d'un vaste amour. En touchant le pied de Sabina, il avait franchi l'espace désertique où il entassait ses refus émotifs, cette zone impénétrable hérissée de plantes épineuses qui le séparait des autres, même lorsque aucun obstacle physique ne se dressait entre eux et lui. Même dans l'acte sensuel, il n'avait jamais ressenti cette impression de flux soudain qui passa entre ses mains et le pied nu de Sabina, entre l'essence de son être et le cœur de Sabina. Le cœur de Sabina devint pour lui l'image du refuge ; quant à l'essence de son être qu'il n'avait jusque-là considérée que comme le rapport pur et dur d'une chair adolescente, il découvrit qu'en présence de la jeune femme elle s'adoucissait, devenait vulnérable.

Il prit conscience d'un seul coup de sa fragilité, de sa dépendance vis-à-vis de Sabina, de son besoin d'elle. Sabina fut brusquement plus proche, son visage se mit à grandir tandis qu'elle se penchait avec un regard brillant, de plus en plus ardent, devant quoi il sentait fondre son hostilité.

C'était terriblement agréable d'être aussi nu, face à Sabina. Comme toujours sous le climat tropical de l'amour, tout prit une allure plus douce : la peau de Donald fut plus tendre, son duvet plus soyeux et ses nerfs, tendus comme des fils de fer, s'apaisèrent. La tension due à ses comédies continuelles tomba. Il se sentit rapetisser, il reprit sans douleur sa taille normale, comme dans les contes de fées, pour pouvoir entrer tout entier dans le refuge du cœur de Sabina, renonçant ainsi aux efforts nécessaires pour accéder à la maturité. Mais, dans le même temps, il se sentit envahi par toutes les humeurs enfantines : le sentiment d'être désespérément seul, d'être totalement désarmé, l'angoisse d'être entièrement à la merci des autres.

Donald se dit qu'il lui fallait se soustraire à cette invasion de chaleur émanée de Sabina, qui endormait sa volonté et ses réflexes coléreux ; il se dit qu'il devait arrêter net cette fusion d'esprit qu'il avait déjà connue avec sa mère et qui avait été si douloureusement, si brusquement interrompue par l'inconstance et la frivolité maternelles. Le corps de Sabina était un calice, un ciboire, un puits d'ombre. Sa robe de coton gris se plissait en éventail autour de ses pieds, et chaque méandre d'étoffe était plein de la poussière d'or du mystère – chemin semé d'embûches où l'homme se laisse attraper, capturer.

Donald abandonna le pied de Sabina et se redressa avec raideur. Il reprit la vie là où il l'avait laissée ; il recommença ses pitreries d'adolescent. Sa gentillesse se mua en mollesse ; lorsqu'il aida Sabina à retirer sa cape, il tendit une main sans énergie, comme coupée du reste de son corps.

Puis il se mit à suivre Sabina tout en parlant et en portant sa cape. Il se tenait dans son ombre, assez près pour se réchauffer à la chaleur qui émanait de ce corps féminin, la chemise entrouverte comme un défi à ses mains, mais il détournait la bouche. Il mettait en évidence sa belle ceinture pour faire admirer la sveltesse de sa taille, mais le reste était hors d'atteinte. En somme, il prenait la succession de John, mais ses caresses demeuraient abstraites, un écho dans le vide.

Supplice de Tantale, ces nuits passées à rechercher toutes les sources de plaisir en évitant tout ce qui pourrait ressembler à une union. Sabina demeurait dans un état d'attente insupportable, et sa sensualité affolée lançait dans l'espace de vaines étincelles.

Elle se disait que, dans ses singeries, Donald agissait comme un enfant jaloux imitant une maturité qu'il ne pourrait jamais connaître.

« Sabina, vous êtes triste, lui dit-il un jour. Venez, je vais vous montrer quelque chose. » Et, comme s'il l'enlevait sur le gyroscope de son imagination, il l'emmena voir sa collection de cages vides.

Les cages remplissaient sa chambre : il y avait des cages en bambou des Philippines, des cages dorées, travaillées d'arabesques, venant de Perse, et il y en avait de pointues comme des tentes de nomades, d'autres comme des huttes africaines en feuilles de palmier. À quelques-unes de ces cages, il avait lui-même ajouté de petites tours moyenâgeuses, des trapèzes et des échelles, de petites baignoires en glaces et une jungle miniature suffisamment réaliste pour donner l'impression de la liberté aux oiseaux sauvages ou mécaniques qui seraient plus tard emprisonnés derrière ces barreaux.

« Je préfère garder mes cages vides, Sabina, jusqu'à ce que j'aie trouvé l'oiseau unique que j'ai aperçu une fois en songe », murmura Donald.

Alors Sabina plaça *L'Oiseau de feu* sur l'électrophone et très loin résonnèrent les pas légers de l'Oiseau. Chaque pas faisait jaillir des étoiles phosphorescentes, chaque note, comme un clairon d'or, annonçait la joie. Puis ce fut une forêt de queues de dragons battant le simulacre de l'amour, un brasier de prières charnelles, et enfin les innombrables petits miroirs étincelants qui ornent les fontaines de l'amour.

Sabina souleva brusquement le bras de l'électrophone et interrompit la mélodie.

« Pourquoi ? Pourquoi ? Pourquoi ? » cria Donald comme s'il avait reçu un coup.

Elle avait fait taire les oiseaux flamboyants du désir et maintenant elle ouvrait les bras, comme des ailes, des ailes qui n'étaient pas couleur de feu, et Donald s'abandonna à leur étreinte protectrice. La Sabina qu'il embrassait était celle dont il avait besoin, la dispensatrice des nourritures, celle qui tenait ses promesses, qui raccommodait, tricotait, celle qui vous procurait le confort, qui s'occupait des couvertures, des radiateurs, des médicaments, des potions, de tout ce qui réconforte.

« Tu es l'Oiseau de feu, Sabina ! Voilà pourquoi toutes mes cages étaient vides jusqu'à ta venue. Je t'attendais pour te capturer », dit le jeune homme. Puis avec une tendresse douce, soumise, il baissa les yeux et ajouta : « Je sais que je n'ai aucun moyen de te garder, que je n'ai rien qui puisse te retenir... »

La poitrine de Sabina ne fut plus brûlée de fièvre ; ce fut la poitrine d'une mère d'où coule un flot de vie. Elle renia ses autres amours pour répondre aux besoins de Donald et elle se dit : « Je suis une femme, je suis tendre, féconde, et je suis bonne. »

Une grande sérénité lui vint de cet état maternel. Elle se rappela son enfance et les humbles travaux qu'accomplissait sa mère.

Elle trouvait souvent des petits mots rapides, griffonnés, où Donald lui expliquait où il était, quand il serait de retour, et toujours il terminait ainsi : « Tu es merveilleuse, tu es merveilleuse et douce. Tu es généreuse et bonne. » Et ces mots calmaient l'angoisse de Sabina plus que la jouissance sensuelle. Elle se dépouillait des autres Sabina et elle croyait ainsi se dépouiller de son angoisse. Chaque jour elle portait des robes aux couleurs moins vives, elle prenait une démarche moins animale. Du fait de la captivité, son plumage étincelant paraissait perdre son éclat. Elle ressentait sa propre métamorphose. Elle savait qu'elle muait. Mais elle ne savait pas ce qu'elle perdait en se conformant au besoin que Donald avait d'elle.

Un jour, en montant chez Donald, chargée d'un lourd filet à provisions, elle aperçut sa silhouette dans un miroir terne, une image floue qui ressemblait à sa propre mère. En capturant l'Oiseau de feu dans le filet de son imagination (et en assombrissant subtilement son plumage par absence d'érotisme), Donald n'avait pas seulement réussi à combler ses besoins ; il avait amené Sabina à se confondre avec l'image qu'elle avait de sa propre mère : l'image d'une femme infiniment bonne, douce, chargée de nourrir et de consoler. Aussi, sur le miroir taché d'humidité, Sabina vit-elle un reflet de sa mère avec son filet à provisions. Elle portait les vêtements incolores de l'oubli de soi, les parures fanées du sacrifice, l'uniforme de la bonté. Et, dans cet univers maternel, Sabina connut un répit, le remords avait cessé de la ronger. Tout à coup, elle sut ce qu'elle allait dire à Donald pour effacer en lui le sentiment qu'il avait de sa médiocrité et de la médiocrité de ce qu'il lui donnait. Elle lui dirait :

« Donald ! Donald ! Ce que tu m'as donné, personne ne pouvait me le donner. Tu m'as donné l'innocence ! Tu m'as aidée à retrouver le chemin de la paix spirituelle, le chemin de mon enfance. Quand j'étais jeune, un peu plus jeune que tu ne l'es maintenant, après m'être droguée pendant des mois de lectures, de jeux, de rencontres, d'amitiés passionnées, d'évasions loin de la surveillance des parents, de journées passées à faire tout ce que l'on qualifie de mal, j'ai découvert qu'en aidant ma mère, en faisant la cuisine, le raccommodage, le nettoyage et toutes les corvées que je détestais le plus, je pouvais apaiser cette conscience tyrannique et toujours affamée. Il n'y a pas de crime, Donald, à ce que tu sois resté un enfant. Dans les plus anciens contes de fées, tu le sais, on voit souvent des adultes redevenir tout petits, comme Alice au pays des merveilles qui avait rapetissé pour retrouver son enfance. Alors n'aie pas honte. Nous, nous ne sommes capables que de mentir ; nous prétendons être grands et forts. Toi seul tu ne mens pas. »

Lorsqu'elle fut chez Donald, elle trouva une lettre sur la table.

Elle lui avait dit, un jour qu'il était d'humeur par trop contradictoire : « L'adolescence ressemble à un cactus. » Il avait répondu : « Je t'écrirai un jour une lettre au lait de cactus. » Et la lettre était là.

Lettre à une actrice : « D'après ce que tu m'as expliqué hier soir, je me rends compte que tu ne connais pas ton pouvoir. Tu es comme quelqu'un qui se consume à aimer, à donner, et qui ne sait rien des miracles qui en résultent. Je l'ai compris hier au soir en te regardant jouer Cendrillon. Tu étais tout entière ce que tu jouais ; tu en es au point où l'art et la vie se touchent, où il n'y a plus que ce que l'on EST... Je ressentais ta faim et tes rêves, tes élans de pitié et tes désirs cependant que tu éveillais tous les miens. Tu ne jouais pas, tu rêvais tout haut. Nous tous qui te regardions jouer, nous pouvions désormais quitter le théâtre et passer magiquement sans transition à un autre bal, une autre tempête de neige, un autre amour, un autre rêve. Devant nos yeux, tu brûlais d'amour. L'ardeur de tes yeux, de tes gestes était un joyeux brasier de foi et d'oubli de soi. Tu as un pouvoir magique. Ne dis jamais que c'est de l'exhibitionnisme. Te voir jouer est une révélation. Toi, tu peux dire ce que l'âme n'arrive pas à dire, la plupart du temps, par le canal du corps, car notre corps n'est pas assez souple ; généralement il trahit l'âme. Tu es contagieuse ; tu communiques l'émotion par tes gestes habilement nuancés, par l'expression de tes lèvres, et par la palpitation soyeuse de tes cils. Et aussi par ta voix, ta voix plus qu'une autre enchaînée à ton souffle, ta voix qui sait traduire l'oppression des émois si bien que tu nous laisses le souffle suspendu, que tu nous emportes dans le silencieux domaine des souffles suspendus. Tu as tant de pouvoir, Sabina ! La souffrance que tu éprouves après avoir joué n'est pas celle d'une exhibitionniste ou de quelqu'un qui a échoué, comme tu aimes à le répéter. C'est une souffrance spirituelle semblable à celle qui suit les grandes révélations mystiques de la charité, de l'amour et des illusions secrètes. Tu attends, après cette communion avec les autres, une sorte de réponse comme dans une cérémonie religieuse. Ce doit être un choc quand rien ne se produit, que l'auditoire reste immobile. Mais pour ceux qui te répondent, comme je l'ai fait, tu transcendes l'acteur. Pour moi, une sorte de miracle s'est produit. Parmi les acteurs, tu paraissais la seule vivante. Ce qui te fait mal, c'est que tu ne joues pas, et que la fin de la pièce est comme un rêve brutalement arrêté. On devrait te préserver de transitions si brutales. On aurait dû te porter hors de la scène pour que tu ne t'aperçoives pas du changement ; on aurait dû te porter de la scène à la rue, de la rue chez toi, et de là à une autre soirée, à un autre amour, à une autre tempête de neige, à une autre paire de pantoufles de vair.

« Il faut certainement un grand courage pour offrir à beaucoup de gens ce que l'on réserve à l'être aimé : une voix altérée par l'amour, par le désir, le sourire d'une tendresse dévoilée. Au théâtre, nous sommes admis à contempler publiquement des sentiments habituellement réservés à celui qu'on aime : tendresse, colère, faiblesse, désespoir, caprices. C'est pour cela que nous aimons les actrices. Elles nous offrent leur être intime, qui ne s'offre jamais que dans l'acte d'amour. Nous sommes comblés de mille trésors : le regard qui caresse, l'intimité du geste, les intonations secrètes de la voix amoureuse. J'ai eu ainsi, sur la scène, la révélation du mystère de l'amour total qui m'est refusé par la vie quotidienne... Maintenant, Sabina, je ne pourrai plus supporter les amours médiocres. Et pourtant, je ne peux t'exiger pour moi seul et te voir chaque jour, immense, entière, alors que je ne suis qu'un être en lambeaux, un fragment d'être errant à l'aventure... »

Sabina toucha la lettre qu'elle pressait sur sa poitrine ; les angles des pages la blessaient... « Que puis-je te donner ? » avait-il demandé. « Qu'ai-je à te donner ? » avait-il crié, désespéré, pensant que son incapacité à donner était la seule cause de l'absence de Sabina disparue depuis trois jours. La jeune femme se souvint d'une autre de ses réflexions : « Je ne puis que te mordiller », lui avait-il dit en riant et il avait planté dans son épaule ses petites dents parfaites...

Elle revoyait l'envol léger des danseurs sur la scène, leurs bonds gracieux avant de retomber sur terre, et cette image lui rappela la minuscule ombrelle japonaise en papier qu'elle avait aimé autrefois à porter dans ses cheveux. Elle était si jolie, si fine ! Quand il pleuvait et que les gens ouvraient leurs parapluies, il était temps pour Sabina de fermer son ombrelle.

Un jour, un vent violent l'avait déchirée et, dans le quartier chinois où Sabina essayait d'en trouver une autre, une bonne femme dans une boutique lui avait crié : « Ça vient du Japon, jetez-la à la rigole ! »

Sabina avait regardé l'ombrelle innocente et fragile, façonnée dans un moment de paix par un artisan qui rêvait de paix ; elle était faite comme une fleur, elle pesait moins lourd que la guerre et la haine. Sabina sortit de la boutique, regarda le ruisseau et ne put se résigner à y jeter son ombrelle. Elle la referma doucement, en emprisonnant dans ses plis les tendres jardinets qui y étaient dessinés, fragiles échafaudages du rêve, rêves de paix d'un artisan innocent qui n'avait jamais fabriqué de balles. La guerre et la haine confondent toutes les valeurs, la haine tombe sur les cathédrales, les tableaux, les livres précieux, les enfants, les passants innocents.

Sabina plia la lettre de Donald comme elle avait plié l'ombrelle japonaise, pour la protéger de la haine et de la violence. Elle ne pouvait pas suivre le pouls coléreux du monde. Elle tournait dans une orbite plus petite, qui allait dans un sens contraire à celui de la guerre. Il y avait des vérités que les femmes étaient chargées de protéger tandis que les hommes faisaient la guerre. Quand tout serait anéanti, une ombrelle de papier montrerait le bout de son nez au milieu des ruines, et l'homme se souviendrait de la paix et de la tendresse.

Alan croyait faire plaisir à Sabina en l'emmenant au théâtre, et de fait, au début de la pièce, elle semblait illuminée par une attente joyeuse. Mais inévitablement par la suite elle s'agitait, se troublait, s'inquiétait ; parfois elle se mettait même à pleurer dans l'obscurité et elle devait s'échapper à l'entracte pour ne pas offrir en spectacle un visage ravagé.

« Mais qu'as-tu, qu'as-tu donc ? demandait impatiemment Alan, la soupçonnant d'être jalouse des autres acteurs. Tu pourrais être la plus merveilleuse comédienne de notre époque si tu consentais à consacrer au théâtre ta vie entière, mais tu n'aimes pas assez la discipline et la régularité.

– Cela n'a rien à voir, cela n'a rien à voir », répondait Sabina laconiquement.

Comment expliquer qu'elle enviait l'aisance avec laquelle les acteurs quittaient leur rôle, s'en débarrassaient une fois la pièce terminée et redevenaient eux-mêmes ? Elle aurait aimé que les métamorphoses de son être obéissent aux mêmes règles, ne se manifestent que sur la scène, et une fois dans les coulisses, elle aurait voulu retrouver une Sabina toujours semblable à elle-même.

Mais, lorsqu'elle cessait de jouer un personnage et tentait de redevenir elle-même, elle avait l'impression de commettre une trahison, et le personnage qu'elle abandonnait luttait, se défendait pour continuer à subsister. Même dans la vie, quand elle jouait un rôle avec les gens qu'elle connaissait, il lui était presque impossible d'en changer. Si par miracle elle y réussissait, elle ne savait pas davantage où retrouver la vraie Sabina quand elle avait fini de jouer.

Si elle se révoltait contre le rôle que lui faisait jouer Donald, si elle écoutait de nouveau le disque de *L'Oiseau de feu*, si elle laissait se réveiller les pulsations de ses sens, les langues de feu, si elle reniait la mère qui était en elle, revenait-elle à la vraie Sabina ?

Quand elle remit l'aiguille sur le disque et retourna à son rendez-vous avec le désir, elle crut voir son père marcher à côté d'elle et diriger ses pas. Ce père qui quittait la maison après avoir mangé les plats préparés par la mère, après avoir mis la chemise qu'elle avait repassée, après avoir embrassé le front sans beauté, humide de sueur, après avoir permis aux mains usées de faire le nœud de sa cravate, ce père qui quittait Sabina et sa mère pour aller se pavaner dans le voisinage où sa beauté et ses aventures étaient biens connues.

Combien de fois Sabina n'avait-elle pas été arrêtée par une belle inconnue fardée et parfumée qui l'embrassait et lui caressait les cheveux en lui disant : « Tu es Sabina ! Tu es sa fille. Je connais *si bien* ton père. » Et ce qui alarmait l'enfant, ce n'étaient pas les paroles prononcées, c'était le coup d'œil complice, la voix évocatrice d'alcôves ; c'était l'étincelle qui luisait dans les yeux de ces femmes quand elles parlaient du père, l'étincelle prometteuse de plaisirs défendus. Tout enfant, Sabina avait compris ce que les inconnues parfumées voyaient en elle : une enfant née de la fougue amoureuse du père, la vivante manifestation d'un rite dont la mère de Sabina avait été exclue pour toujours.

« Je connais si bien ton père », disaient ces belles dames, et elles se penchaient sur la petite fille, elles lui faisaient respirer leurs parfums détestés, contempler leurs jupons empesés, leurs chevilles provocantes. Sabina aurait aimé se venger de ces humiliations ; elle aurait aimé punir son père pour avoir permis que tant de soirées d'été fussent profanées par ces femmes qui s'arrogeaient le droit de l'admirer, elle, Sabina, comme si elle était une des leurs. Elle en voulait aussi à sa mère de ne pas s'insurger, de préparer le père, de l'habiller pour ces intruses.

Était-ce Sabina qui courait maintenant vers les anciens rites du plaisir ? Ou était-ce son père en elle ? Était-ce le sang de son père qui la guidait dans la maison de l'amour et lui dictait ses ruses perpétuelles ? Ce sang auquel elle était inexorablement liée par les fils de l'hérédité et dont elle ne pourrait jamais se défaire afin de savoir quelle femme était la vraie Sabina et de quelle femme elle avait assumé le rôle par l'alchimie du mimétisme.

Où donc était Sabina ?

Elle leva les yeux vers le ciel et aperçut le beau visage de John fuyant dans les nuages, perdu dans la fumée des bûchers célestes ; elle aperçut le doux éclat nocturne du regard de Mambo qui disait : « Tu ne m'aimes pas », tout en se penchant sur elle ; puis apparut Philip, avec son rire conquérant, dont le charme s'évanouit devant le visage pensif et réservé d'Alan. Le ciel entier n'était qu'un manteau de regards et de bouches tournés vers elle ; l'air était plein de voix tantôt encore rauques de désir, tantôt tendres et reconnaissantes, tantôt incertaines, et Sabina eut peur. Car elle s'aperçut que Sabina n'existait pas, du moins la Sabina qui se voulait UNIQUE. À sa place existait une multitude de Sabina couchées, abandonnées, démembrées, éclatées dans toutes les directions et brisées. Il y avait une toute petite Sabina fragile, portée sur une immense vague qui la dispersait à tous les vents. Le ciel au-dessus de sa tête n'offrait pas la moindre protection ; ce n'était ni une voûte de cathédrale, ni un abri, c'était une immensité sans limites à laquelle Sabina criait en pleurant : « Si seulement quelqu'un me retenait... pour que je ne continue pas à courir d'un amour à un autre, à me détruire... *Je veux être à un seul...* »

À l'aube, la poitrine pressée contre l'appui de la fenêtre, Sabina regardait toujours au-dehors, cherchant en vain ce qu'elle n'avait jamais eu. Elle regardait la nuit finissante et les passants avec l'anxiété du voyageur qui n'arrivera jamais à destination alors que les gens ordinaires atteignent paisiblement le bout de chaque journée, car ils consentent au repos, aux haltes, aux déserts. Sabina, elle, n'y avait jamais consenti.

Sabina se sentit perdue. La boussole affolée à laquelle elle avait toujours obéi, qui lui donnait tumulte et mouvement en guise de direction, s'était brisée brusquement et elle ne retrouvait plus les grandes lois de la nature, le temps des flux et des reflux. Elle s'était trop dispersée.

Comme une flèche, la douleur la pénétra. Jusqu'alors, elle s'était déplacée si rapidement que la souffrance avait passé à travers elle comme à travers un tamis, lui laissant à peine de petits chagrins, semblables à des chagrins d'enfant, vite oubliés. Elle ne s'était jamais accordé de repos.

Et voilà que maintenant sa cape n'était plus cette voile de navire gonflée par la brise, le symbole de ses sentiments jetés aux quatre vents ; voilà que maintenant sa cape pendait, immobile, que sa robe pendait, immobile.

Maintenant, Sabina n'était plus rien ; aucun vent ne l'emporterait plus, ne la pousserait plus. Et pour elle, l'immobilité, c'était la mort.

L'angoisse s'installa en elle, impossible à chasser. La petite passoire d'argent qu'elle portait en elle depuis sa naissance et qui permettait à toutes les peines de s'écouler, s'était bouchée ; la souffrance était là à demeure, inéluctable.

Sabina pensa qu'elle avait dû s'égarer quelque part entre ses inventions, ses histoires, ses caprices et son être véritable. Les frontières s'étaient effacées, les sentiers avaient disparu, elle marchait au hasard dans un univers chaotique. Elle avait cru enfourcher le coursier sauvage des héros d'opéra ou de légende, et elle se retrouvait sur un cheval de carton-pâte. L'illusion théâtrale s'était brusquement dissipée.

Sabina avait perdu sa cape, son cheval, ses bottes de sept lieues, elle avait tout perdu à la fois. Elle était échouée dans la demi-obscurité d'un soir d'hiver.

Alors, comme si brusquement toute son énergie et toute sa chaleur lui refluaient au cœur, abandonnant son enveloppe extérieure, le regard brouillé, les oreilles bouchées, la langue épaissie, tous les mouvements du corps ralentis, elle eut très froid ; elle frissonna comme frissonnent les feuillages d'automne et, pour la première fois de sa vie, elle sentit des feuilles fanées se détacher de son être.

En entrant dans le cabaret de Mambo, elle remarqua sur les murs de nouveaux tableaux et elle se crut soudain revenue sept ans en arrière, à Paris, lors de sa première rencontre avec Jay, à Montparnasse : elle avait immédiatement reconnu sa peinture.

Aujourd'hui comme autrefois, lors de ses expositions parisiennes, il appliquait au corps humain et à l'expression des sentiments les procédés scientifiques de la fission de l'atome. Ses silhouettes éclatées, dispersées en tous sens, formaient un vaste puzzle, chaque fragment ayant volé assez loin pour sembler irrécupérable et cependant pas assez loin pour être dissocié de l'ensemble. Par un effort de l'imagination, on pouvait reconstruire une créature humaine complète avec ces fragments qu'un fil invisible empêchait de se perdre dans l'espace. Un seul effort de concentration et tous ces morceaux pouvaient encore s'amalgamer en un corps féminin.

La peinture de Jay n'avait donc pas changé, mais Sabina avait changé, elle qui, pour la première fois, en comprenait le sens. Elle pouvait contempler, sur ce mur, un portrait véridique d'elle-même telle qu'elle se sentait intérieurement.

Jay avait-il vraiment pensé à elle en peignant, ou bien était-ce tout simplement un de ces phénomènes qui inspirent brusquement les artistes, comme c'est le cas des découvertes scientifiques ? Les peintres avaient découvert tous les acides corrosifs, toutes les lois de la désintégration, toutes les alchimies de l'éclatement. Mais quand ils révélaient ce qui se passe à l'intérieur du corps ou dans les sentiments de l'homme, on les laissait mourir de faim, ou bien on leur donnait à décorer les vitrines de la 5e Avenue : là, devant une toile de fond représentant Paris « by night », la mode leur permettait de faire flotter aux quatre coins de l'espace des sacs à main, des chapeaux, des souliers, des ceintures, prêts à se rassembler sur une femme non désintégrée.

Sabina contempla longuement les peintures de Jay et elle finit par y retrouver les détails les plus infimes des actes qu'elle avait accomplis, ceux qu'elle avait considérés comme sans importance et qui cependant avaient provoqué les menues érosions de sa personnalité. Un geste sans importance ; un baiser donné à un jeune homme à cause de sa ressemblance avec un John évanoui ; une main abandonnée dans un taxi à une main masculine non parce qu'on la désirait, mais parce que l'homme avait réclamé la main de l'autre femme présente, parce que Sabina ne pouvait pas supporter de voir sa main sans emploi sur ses genoux et que c'était un affront à son pouvoir de séduction ; un compliment fait au sujet d'une toile non parce qu'on l'aimait mais de peur que le peintre ne dise : « Sabina... Oh ! Sabina ne connaît rien à la peinture... »

Tous ces petits mensonges avaient sapé son être comme d'invisibles ruisselets d'acide. Les érosions successives avaient fragmenté Sabina. Chacun de ces fragments avait été dispersé dans des sphères différentes comme les débris qui résultent des collisions de planètes, aucun d'eux n'étant assez puissant pour voler comme l'oiseau, ni assez complet pour engendrer une nouvelle vie, pour tourner sur son axe propre.

La peinture de Jay était comme un ballet d'épaves ; c'était aussi un portrait de la Sabina actuellement en vie. De la Sabina qui avait vu échouer tous ses efforts pour souder ses fragments dans le feu, dans la fournaise du plaisir, pour les fondre en un amour unique, en une femme unique.

Sabina se détourna des tableaux et aperçut Jay lui-même, assis à l'une des tables, le visage plus que jamais pareil à celui de Lao

Tseu. Son crâne chauve était ourlé du givre blanc de ses cheveux ; ses yeux étroits, à demi fermés, riaient.

Quelqu'un qui s'interposait entre Sabina et Jay se pencha vers le peintre pour lui faire compliment de ses vitrines de la 5e Avenue. Jay se mit à rire joyeusement. « J'ai le don de les abrutir et, pendant qu'ils sont assommés par l'art moderne, les agents de publicité peuvent faire leur travail d'empoisonneurs. »

Il fit signe à Sabina de venir s'asseoir près de lui.

« Tu as vu ma pile atomique ? Hommes et femmes sont atomisés afin qu'ils puissent découvrir en eux-mêmes la source mystérieuse de la puissance, une nouvelle source d'énergie. » Il parlait comme si les années n'avaient pas passé depuis sa dernière rencontre avec Sabina dans un café parisien. Il continuait toujours la même conversation, commencée on ne savait quand, peut-être à Brooklyn où il était né, peut-être ailleurs, dans l'un des endroits qu'il avait fréquentés jusqu'au moment où il avait découvert l'univers des cafés, cet univers où il rencontrait son public et où il pouvait tout à la fois peindre et parler.

« As-tu trouvé ta puissance propre, ta nouvelle source d'énergie ? lui demanda Sabina. Moi pas.

– Moi non plus, lui répondit Jay d'un air de fausse tristesse. Je viens de rentrer à cause de la guerre. À Paris, on nous a demandé de partir pour ne pas avoir de bouches inutiles à nourrir. Le consulat a donc décidé de rapatrier les inutiles. En un jour, tous les artistes ont quitté Paris comme sous l'effet d'une menace d'épidémie. Je n'aurais jamais cru que les artistes occupaient un si grand espace ! Il n'y avait pas d'autre choix : la faim ou les camps de concentration. Te souviens-tu de Hans, Sabina ? Ils voulaient le renvoyer en Allemagne. Bien sûr ce n'était qu'un Paul Klee de second plan, mais il méritait un sort meilleur. Et Suzanne a été renvoyée en Espagne ; elle n'avait pas de papiers, et son Hongrois de mari qui avait la polio a été mis dans un camp. Te souviens-tu du carrefour Montparnasse-Raspail où nous restions des heures à nous dire bonsoir ? À cause du couvre-feu, plus personne n'avait le temps de se dire bonsoir. À peine hors du café, on était happé par la nuit. Il n'y avait plus rien d'innocent dans aucun de nos actes. Notre état normal de révolte contre la société était devenu un crime politique. La péniche de

Djuna a été réquisitionnée pour transporter du charbon. On pouvait tout réquisitionner, sauf les artistes. En quoi pouvait-on convertir ceux qui ne savent que désorganiser l'ordre passé et présent, les éternels dissidents, les dépossédés de l'actualité, les ingénieurs de la bombe atomique spirituelle, ceux qui cherchent à engendrer de nouvelles forces et un nouvel état d'esprit au moyen de bouleversements continuels ? »

Le regard de Jay, posé sur Sabina, semblait dire qu'elle n'avait pas changé, qu'elle était encore pour lui le symbole même de la fièvre, l'incessante quête de la rébellion et de l'anarchie qu'il avait connues à Paris, sept ans auparavant.

Un autre individu vint s'asseoir près de Jay : « Je te présente Cold Cuts, Sabina. C'est notre meilleur ami ici. Quand les gens sont transplantés, ils réagissent exactement comme les plantes, qui commencent par se flétrir, se faner, et qui parfois meurent. Nous en sommes tous à la période critique, nous souffrons d'un changement de sol. Cold Cuts travaille à la morgue. Son intimité journalière avec les suicidés et les descriptions terrifiantes qu'il nous en fait nous enlèvent toute envie de les imiter. Il parle seize langues, il est donc seul à pouvoir s'entretenir avec nous, tout au moins au début de la soirée. Ensuite, quand il est complètement ivre, il ne parle plus que l'espéranto des ivrognes – les balbutiements hérités de nos ancêtres animaux. »

Satisfait de cette présentation, Cold Cuts les quitta et alla s'affairer autour du micro. Mais, bien qu'il ne fût que neuf heures, Cold Cuts avait déjà des difficultés avec ses réflexes. Il s'efforçait de maintenir avec le micro des rapports verticaux, mais l'appareil se pliait, cédait, se balançait sous l'étreinte de l'homme comme un jeune roseau flexible. On avait l'impression, à voir leurs étreintes désespérées, qu'ils allaient bientôt se trouver enlacés sur le plancher comme des amants impatients.

Pourtant, dans un moment d'équilibre provisoire, Cold Cuts devint volubile et se mit à chanter en seize langues (y compris l'espéranto des ivrognes) et il fut successivement chanteur de rue parisien, chanteur d'opéra allemand, chanteur viennois d'orgue de Barbarie. Puis il revint s'asseoir auprès de Sabina et de Jay.

« Ce soir, Mambo m'a coupé les vivres plus tôt que d'habitude. Je me demande pourquoi. Je ne devrais pas lui rester si fidèle. Mais il ne veut pas que je perde ma place. À minuit, il faut que je sois capable de recevoir poliment les morts ; je ne dois pas bégayer ou bafouiller. Les morts sont très sensibles. Oh ! j'ai un suicide parfait à raconter aux exilés : une cantatrice européenne qui était choyée et encensée dans son pays. Elle s'est étranglée avec une corde faite de toutes ses écharpes multicolores nouées les unes aux autres. Peut-être a-t-elle voulu imiter Isadora Duncan ?

– Je ne le crois pas, dit Jay ; j'imagine très bien ce qui s'est passé. Ici, elle n'avait aucun succès. Sa vie était morne. Elle était oubliée et pas assez jeune pour se refaire un nom... Elle a ouvert sa malle pleine de ses anciens triomphes, pleine de coupures de journaux, pleine de critiques élogieuses sur sa voix et sa beauté, pleine de fleurs séchées, de lettres d'amour jaunies, pleine d'écharpes de soie aux couleurs des succès passés, et le contraste avec sa vie actuelle lui est devenu insupportable.

– Tu as parfaitement raison, dit Cold Cuts, je suis sûr que ça s'est passé ainsi. Elle s'est pendue au cordon ombilical du passé. » Il postillonna comme si l'alcool dont il était imbibé s'était mis à bouillonner en lui, puis il se tourna vers Sabina : « Savez-vous pourquoi je reste fidèle à Mambo ? demanda-t-il. Je vais vous le dire. À cause de ma profession les gens ne demandent pas mieux que de m'oublier ; personne ne tient à ce qu'on lui rappelle la mort. Peut-être n'est-ce pas moi qu'ils désirent ignorer, mais la compagne qui est la mienne... Cela m'est égal tout au long de l'année sauf à Noël. Quand Noël vient, je suis le seul à ne pas recevoir de cartes postales. C'est une chose que je ne puis supporter. Alors, une année, quelques jours avant Noël, j'ai dit à Mambo : "Ne manque pas de m'envoyer une carte postale à Noël ; il faut que j'en reçoive au moins une ; il faut que je sache que quelqu'un pense à moi le jour de Noël comme si j'étais un être humain semblable aux autres." Vous connaissez Mambo... Il a promis, il a souri, puis il s'est mis à taper sur son tambour... C'est sa boisson, on ne peut l'en priver... Pendant une semaine, je n'ai pas fermé l'œil en me disant que Mambo oublierait et que le jour de Noël je me sentirais mis à l'écart *comme si j'étais mort*... Eh bien ! Mambo n'a pas oublié. »

Il se tut, puis, d'un geste rapide et inattendu, il sortit un klaxon d'automobile de sa poche, le fixa à sa boutonnière et le pressa avec l'ardeur d'une femme qui presse un vaporisateur à parfum. « Entendez le langage futur, s'écria-t-il. Un jour les mots disparaîtront, et voici comment les créatures humaines communiqueront entre elles ! »

Là-dessus, il s'inclina en maîtrisant merveilleusement les ondes envahissantes de l'alcool qui luttaient contre sa politesse et se prépara à rejoindre son travail à la morgue, tandis que Mambo se mettait à jouer du tambour.

Sabina prit l'air fiévreux et traqué qu'elle avait lorsqu'elle avait rencontré Jay pour la première fois.

Vêtue de rouge et d'argent, elle évoquait irrésistiblement l'éclair fulgurant des voitures de pompiers qui fendent les rues de New York en faisant battre les cœurs au rythme précipité des catastrophes.

Entièrement vêtue de rouge et d'argent, elle évoquait le long hurlement des sirènes qui écorchent la chair.

La première fois qu'il la vit, il eut l'impression qu'il allait assister à un incendie.

De ce rouge et de cet argent jaillissait un long cri d'alarme. Et la femme lançait dans l'espace une échelle inattendue au poète invisible qui sommeille en chacun, à l'enfant oublié, et elle lui disait : « Monte ! »

Dès qu'elle apparaissait, l'ordre habituel de la cité s'évanouissait devant cette échelle insolite dressée vers le ciel comme celle du baron de Münchhausen.

Mais son échelle, à elle, menait au feu.

Jay se mit à rire et secoua la tête. Sabina n'avait pas changé. *En sept ans, elle n'avait pas appris à rester tranquille. Elle parlait avec volubilité, fébrilement, sans reprendre haleine, comme effrayée par le silence. Elle semblait mal supporter d'être assise, mais, quand elle dut aller acheter des cigarettes, elle s'empressa de regagner son siège. Toujours sur ses gardes comme si elle avait peur d'être attaquée, inquiète, impatiente, elle buvait avec précipitation. Elle souriait si fugitivement qu'on n'était jamais certain qu'elle eût souri ; elle n'écoutait que d'une oreille, et, lorsque quelqu'un installé au bar cria son nom, elle ne répondit pas tout de suite, comme si ce nom n'était pas le sien.*

La façon dont elle surveillait la porte comme si elle guettait le moment de fuir, ses bavardages sans suite, ses gestes désordonnés, brusques, sans rapport avec ses propos, l'incohérence de ses phrases, ses silences soudains, tout indiquait qu'elle se sentait coupable...

Dans la douce clarté des bougies, à travers le brouillard des fumées de cigarettes et les tendres résonances des blues, Sabina se rendait compte que Jay pensait à elle. Mais elle ne lui poserait aucune question, c'était trop dangereux. Jay était un satiriste et tout ce qu'elle obtiendrait de lui serait une caricature qu'elle n'était pas en état de prendre à la légère, une caricature qui ajouterait au poids déjà lourd qui l'entraînait dans les bas-fonds.

Chaque fois que Jay hochait la tête, avec la lourde gentillesse d'un ours, Sabina savait qu'il allait dire quelque chose de catastrophique ; c'était ce qu'il appelait son honnêteté de brute. Sabina ne pouvait courir ce risque. Aussi entama-t-elle l'histoire rapide, compliquée, d'une soirée au cours de laquelle s'étaient déroulés de multiples incidents où il était difficile de distinguer l'héroïne de la victime. Lorsque Jay crut reconnaître l'endroit où se situait ce récit (c'était à Montparnasse, il y avait sept ans de cela ; Sabina, jalouse de la solide liaison de Jay et de Lillian, avait essayé de briser ce lien au cours de la soirée), elle avait déjà changé de sujet. Elle parlait comme dans un rêve entrecoupé de brusques silences, de contradictions, de retours en arrière, avec une fantaisie débridée.

Brusquement elle fut au Maroc, dans un bain maure, avec les femmes indigènes ; elle utilisait leur pierre ponce, les prostituées lui apprenaient à se peindre les yeux avec du khôl acheté au marché.

« C'est de la poussière de charbon, expliquait Sabina, *il faut la mettre dans l'œil. La première fois cela brûle et donne envie de pleurer, mais c'est justement ce qu'il faut ; la pous-*

sière s'étale tout autour des paupières et leur fait un ourlet noir et brillant.

– *Tu n'as jamais eu d'inflammation ?* demanda Jay.

– *Oh non, les prostituées font bénir leur khôl à la mosquée.* »

Tout le monde se mit à rire : Jay, Mambo qui se tenait debout près de là et deux individus assis à la table voisine qui avaient rapproché leurs chaises pour écouter. Seule Sabina ne riait pas. Un autre souvenir marocain l'occupait. Jay voyait les images défiler dans son regard comme un film qui passe à la censure. Il savait qu'elle faisait un tri parmi les histoires qui lui venaient à l'esprit, que peut-être elle regrettait d'avoir raconté celle du bain maure. Et soudain, comme si ses paroles avaient été écrites sur un immense tableau noir, elle effaça d'un coup d'éponge tout ce qu'elle venait de dire, en ajoutant : « En réalité, cette aventure ne m'est pas arrivée à moi. C'est une amie qui me l'a racontée. » Et avant que personne ait pu demander : « Voulez-vous dire que vous n'avez jamais été au Maroc ? », elle brouilla encore plus les pistes en déclarant qu'elle avait lu cette histoire quelque part ou qu'elle l'avait entendu raconter dans un café. Et, aussitôt après avoir ainsi effacé dans l'esprit de ses auditeurs tous les faits qu'ils auraient pu être tentés de lui attribuer, elle commença une autre histoire...

Les traits et les silhouettes de ses personnages n'étaient qu'esquissés, et Jay essayait de retrouver les détails manquants (en parlant de l'homme qui polissait lui-même son télescope, Sabina n'en avait pas trop dit de peur que Jay n'identifie Philip qu'il avait connu à Vienne), mais déjà Sabina superposait à un visage un autre visage, une autre silhouette, comme on le fait en rêve, et lorsque Jay péniblement en arrivait à conclure qu'il s'agissait de Philip (il était sûr qu'elle avait eu une liaison avec lui), voici qu'il ne s'agissait plus du tout de l'homme qui polissait la lentille de son télescope sous un parapluie pendu au milieu de la pièce, mais d'une musicienne qui avait continué à jouer de la harpe à Mexico, pendant la révolution, tandis qu'on tirait sur les ampoules électriques de la salle du concert, car cette musicienne avait compris qu'en continuant de jouer elle empêcherait la panique des spectateurs ; mais voici que Jay se rappelait que cette histoire était arrivée à Lillian, et qu'il ne s'agissait pas de harpe mais de piano. Et Sabina, à son tour, se rendit compte qu'elle ne tenait pas à rappeler Lillian à Jay, parce que cela pouvait lui faire de la peine, et parce que au fond elle, Sabina, avait été jusqu'à un certain degré, en tentant de séduire Jay, responsable du départ de Lillian. Et elle changea si vite de sujet que Jay en vint à se demander s'il avait des hallucinations auditives ou s'il n'avait pas trop bu et n'avait fait qu'imaginer Sabina en train de raconter l'histoire de Lillian, car tout à coup il remarqua qu'elle parlait d'un jeune homme, un aviateur à qui on avait recommandé de ne jamais chercher à regarder les yeux des mourants.

Jay ne pouvait rien retenir des gens que Sabina avait aimés, haïs, dont elle s'était libérée, pas plus qu'il ne pouvait suivre les transformations de Sabina elle-même. « En ce temps-là, j'étais blonde et j'avais les cheveux coupés très court », disait-elle. Ou : « Cela se passait avant mon mariage, j'avais alors dix-neuf ans. » (Elle lui avait raconté une autre fois qu'elle s'était mariée à dix-huit ans.) Il était véritablement impossible de savoir qui elle avait trompé, oublié, épousé, abandonné ou suivi. Il en était de même de son métier. La première fois qu'il l'avait interrogée, elle avait répondu : « Je suis actrice. » Même en la pressant de questions, il n'avait pas réussi à découvrir quelles pièces elle avait jouées, si son jeu avait été apprécié ou non. Il s'était même demandé si Sabina n'avait pas simplement rêvé d'être actrice sans y parvenir faute d'avoir jamais travaillé avec assez de constance ou de sérieux, faute d'y avoir consacré le même talent qu'elle déployait en ce moment à changer de personnalité avec la rapidité vertigineuse d'un kaléidoscope.

Alors il tenta de se raccrocher à certains termes qui revenaient souvent dans sa conversation, pensant qu'ils pourraient lui fournir des clés ; mais il dut convenir que, si les mots : « actrice », « miraculeux », « voyage », « aventure » revenaient fréquemment, il restait impossible de savoir si Sabina leur donnait un sens symbolique ou un sens littéral, car pour elle c'était la même chose. Un jour, après l'avoir entendue déclarer : « Quand on a été blessé, on s'en va aussi loin que possible du lieu de la blessure », n'avait-il pas découvert qu'elle avait simplement changé de quartier et s'était installée à une cinquantaine d'immeubles de son ancienne demeure à New York ?

Sabina était dévorée par une fièvre de confession qui la forçait à soulever un coin du voile, mais elle s'effrayait dès qu'on l'écoutait trop attentivement, surtout si l'auditeur attentif était Jay, ce Jay en qui elle n'avait pas confiance, qui ne trouvait la vérité que dans les fautes, les faiblesses, les vices. Quand elle découvrait que Jay l'écoutait, Sabina s'emparait de sa gigantesque éponge et effaçait tout ce qu'elle venait de dire. Elle entraînait dans son univers celui qui l'écoutait, puis elle brouillait les pistes pour qu'on ne puisse la démasquer.

« Ce ne sont que faux mystères, disait Jay furieux, déçu et irrité par ses feintes. Mais que cherche-t-elle à cacher derrière ces faux mystères ? »

La conduite de Sabina éveillait toujours en lui (à cause de son obsession de la vérité, de la franchise, de la révélation brutale) un désir qui ressemblait au désir que ressent l'homme de violer une femme qui lui résiste, de violer une virginité qui est un obstacle au besoin de possession. Il avait le désir violent d'arracher à Sabina ses mensonges, ses voiles, pour découvrir l'être vrai qui échappait à toute détection par sa mobilité perpétuelle.

Il avait bien fait de peindre Sabina en mandragore, avec des racines de chair et une grande fleur pourpre aux pétales lourds comme une chair opiacée, qui retombaient en cloche. Il avait bien fait de lui donner des yeux d'or rouge qui flamboyaient comme ceux des bêtes tapies dans les cavernes ou les forêts ; il avait bien fait de la représenter sous les traits d'une créature luxuriante, d'une plante tropicale, dont la substance trop nutritive ne peut servir de pain quotidien. Il l'avait peinte comme un témoin de ce monde de feu, dont il se contentait d'apparitions paraboliques et intermittentes.

« Sabina, te souviens-tu de notre expédition en ascenseur à Paris ?

– Mais oui.

– Nous ne savions pas où aller. Nous avions erré par les rues. C'est toi qui as eu l'idée d'entrer dans un ascenseur. »

(Nous étions fous l'un de l'autre, je me rappelle, Sabina. Nous sommes entrés dans l'ascenseur et je t'ai embrassée. Premier étage. Deuxième étage. Je ne pouvais plus me détacher d'elle. Troisième étage. Quand l'ascenseur est arrivé au dernier étage, c'était trop tard, je n'aurais jamais pu lâcher Sabina même si tout Paris avait été là à nous observer. Elle a appuyé comme une folle sur le bouton et nous avons continué notre baiser tandis que l'ascenseur redescendait. Une fois en bas, les choses ont empiré ; il a fallu remonter. Nous montions et descendions sans arrêt pendant que les gens essayaient d'arrêter l'ascenseur.)

Au souvenir de la témérité de Sabina, Jay éclata de rire. Ce jour-là Sabina avait été dépouillée de son mystère et Jay avait compris ce qu'il cachait : la plus folle frénésie du désir.

L'aurore fit une timide apparition à la porte et ils se turent. La musique avait cessé depuis longtemps, ils ne s'en étaient pas aperçus. Leur bavardage l'avait remplacée.

Sabina serra sa cape autour de ses épaules, comme si la lumière du jour était le plus terrible de ses ennemis. Elle n'offrirait pas à l'aurore ses discours fiévreux. Elle fixa le jour d'un regard courroucé et quitta le cabaret.

Il n'y a pas d'heure plus désolée dans la vie d'une grande ville que celle où se croisent ceux qui n'ont pas dormi de la nuit et ceux qui vont à leur travail. Pour Sabina, il existait sur cette terre deux races d'hommes et de femmes : la race qui appartient au jour, celle qui appartient à la nuit, et ces deux races ne se rencontraient jamais en dehors de cette heure incertaine. Sabina voyait toujours se décolorer à l'aurore les vêtements, si brillants qu'ils fussent, de sa soirée. L'expression déterminée de ceux qui se rendaient à leur travail lui était un reproche. Sa lassitude n'était pas la leur ; elle marquait son visage comme une longue fièvre, elle mettait des ombres violettes sous ses yeux. Sabina avait envie de cacher son visage à la race du jour ; elle inclinait la tête pour que ses cheveux la leur voile.

Son impression de solitude persistait. Pour la première fois, elle ne pouvait revenir auprès d'Alan. Trop d'histoires gardées secrètes, trop de souvenirs pesaient sur elle, trop de fantômes troubles la suivaient, trop d'expériences encore incomprises l'accablaient et trop de blessures et d'humiliations qui ne s'étaient pas guéries. Si, de retour auprès d'Alan, elle prétextait une fatigue extrême et réussissait à s'endormir, ce serait d'un sommeil agité et elle risquait de parler en dormant.

Cette fois-ci, Alan n'aurait pas assez de pouvoir pour rompre le maléfice. Elle ne pourrait pas lui confier ce qui la tourmentait le plus : le souvenir de cet homme qu'elle avait vu quelques mois auparavant de la fenêtre de sa chambre d'hôtel, debout sous sa fenêtre, plongé dans un journal comme s'il attendait qu'elle sorte. Elle l'avait retrouvé de nouveau sur son chemin en se rendant chez Philip. Elle l'avait revu à une station de métro et il avait laissé passer plusieurs rames afin de prendre celle où elle était montée. Ce n'était pas un amoureux en perspective. Il n'essayait pas de lui parler. Il paraissait occupé à consigner des observations objectives. Chez Mambo, il s'était assis à quelques tables de la sienne, avait pris des notes dans un carnet. N'est-ce pas ainsi que l'on surveille les criminels avant de les arrêter ? Était-ce un détective ? Que lui voulait-il ? Faisait-il à Alan un rapport sur la conduite de Sabina ? À Alan ou à ses parents ? Ou bien portait-il son rapport dans l'un de ces affreux immeubles où l'on poursuit des enquêtes de tout genre et peut-être recevrait-elle un de ces jours un papier lui enjoignant d'avoir à quitter les États-Unis et à retourner dans sa Hongrie natale, parce que la loi n'autorisait pas qu'on vive à la Ninon de Lenclos ou à la Madame Bovary ? Si elle disait à Alan qu'elle avait été suivie par un homme, il sourirait et lui dirait : « Eh bien ! Ce n'est pas la première fois, n'est-ce pas ? C'est la rançon de la beauté. Tu ne serais pas contente si cela ne t'arrivait plus. »

Pour la première fois, dans le petit matin blême de New York, dans les rues encore souillées des mégots et des bouteilles d'alcool vides abandonnés par les gens de la nuit, Sabina comprit la signification de la toile de Marcel Duchamp qui représentait une femme nue descendant un escalier. Il y avait une dizaine de silhouettes de la même femme, comme une série de coupes successives du personnage, séparées et disposées les unes à côté des autres, descendant ensemble les marches.

Si Sabina se rendait maintenant chez Alan, elle obligerait l'une de ces silhouettes à quitter les autres et à aller son chemin toute seule. Seulement, cette silhouette se révélerait alors comme un simple contour, un dessin que l'œil peut voir mais dont le contenu a fui. Oui, Sabina était une femme divisée, divisée en un nombre incalculable de femmes et, en ce moment, elle pouvait apercevoir l'une de ces femmes, abandonnée, désespérée, marchant le long des rues en quête de café chaud. Cette femme, c'était celle qu'Alan avait recueillie, c'était la jeune fille pure et transparente qu'il avait épousée dix ans auparavant, qu'il avait juré de chérir et qu'il avait chérie ; seulement il y avait erreur : Alan n'avait cessé de chérir la jeune fille qu'il avait épousée, toujours la même, la première Sabina, la première forme de Sabina, celle qui avait été livrée entre ses mains, la première version de cet ensemble complexe formé des multiples femmes qui étaient nées ensuite et que Sabina n'avait pu remettre entre les mains de son mari. Chaque année, comme un arbre ajoute à son tronc un nouvel anneau de bois vif, elle aurait dû pouvoir dire : « Alan, voici une nouvelle version de Sabina, ajoute-la à celles que tu as déjà, fonds-la dans ce que tu as déjà. Et, quand tu l'embrasseras, tiens bien l'ensemble dans tes bras, sans cela, séparée, solitaire, chacune des Sabina vivra sa propre vie et il n'y aura plus une seule, mais six ou sept ou huit Sabina. Parfois elles iront à l'unisson, après un grand effort de synthèse, parfois séparément. L'une écoutera les battements sourds des tambours dans les forêts noires et chevelues, dans des abîmes de volupté, l'autre visitera avec Philip la Vienne d'avant guerre, une autre encore sera couchée aux côtés d'un jeune homme fou, et une autre ouvrira des bras maternels à un Donald effrayé et tremblant. » Avait-elle commis un crime en cherchant le compagnon de chacune de ces Sabina, en cherchant une vie à tour de rôle en harmonie avec chacune de ses personnalités ?

Oh ! comme elle était lasse ! Et ce n'était pas le manque de sommeil, ou le fait d'avoir trop parlé dans une pièce enfumée, ou d'avoir fui les caricatures de Jay, les reproches de Mambo et la méfiance de Philip, ou encore parce que les enfantillages de Donald lui faisaient sentir qu'à trente ans elle était en âge d'être grand-mère. Sabina était lasse de lutter contre son éparpillement. Et puis cette compréhension soudaine des peintures de Jay ! C'était peut-être dans un moment pareil, un moment de semblable solitude que Madame Bovary s'était empoisonnée. C'était le moment où la vie cachée court le danger d'être étalée au grand jour, et aucune femme ne supporte d'être ainsi clouée au pilori.

Mais qu'avait-elle à craindre, elle, Sabina ? Alan était à cette seconde même profondément endormi, ou il lisait paisiblement. Alors pourquoi éprouvait-elle cette anxiété si douloureuse ? Parce que la silhouette du détecteur de mensonges était toujours attachée à ses pas ? Le fardeau de la culpabilité est de ceux que les humains ne peuvent porter seuls.

Après avoir bu une tasse de café, Sabina se rendit dans un hôtel où elle était connue ; elle prit un somnifère et se réfugia dans le sommeil. En se réveillant, à dix heures du soir, elle entendit la musique de la boîte de nuit de Mambo de l'autre côté de la rue.

Comme elle avait besoin d'un confesseur ! Allait-elle en trouver un dans cette communauté d'artistes ? À travers le monde entier, les artistes avaient leurs lieux de réunion, leurs relations, leurs règles d'honneur, leurs domaines, leurs chefs, leurs communications secrètes. Ils professaient la même foi en certains peintres, en certains musiciens, en certains écrivains. Eux aussi, c'étaient des personnes déplacées, des indésirables, que leur famille même avait répudiés. Ils se constituaient alors de nouvelles familles, avaient leur propre religion, leurs médecins, leurs communautés.

Sabina se souvenait d'avoir entendu un jour quelqu'un demander à Jay : « Si je fais preuve d'un goût excellent, serai-je admis parmi vous ? »

Et Jay avait répondu : « Ce n'est pas assez. Consens-tu à devenir un exilé, un bouc émissaire ? Nous sommes les boucs émissaires tout désignés, parce que nous vivons dans nos journées ce que les autres ne vivent qu'en rêve la nuit, parce que nous avouons ouvertement ce que les autres ne confient qu'à leur médecin sous le sceau du secret professionnel. Et, de plus, on ne nous paie pas ! Parce que nous sommes amoureux de notre travail et qu'il n'est pas nécessaire de payer quelqu'un qui fait ce qu'il aime. »

Les artistes ont également leurs criminels. Il y a des gangsters dans le monde de l'art aussi, qui créent des œuvres corrosives nées de la haine, qui empoisonnent ou qui assassinent. Une toile, un livre sont des armes qui tuent parfois.

Sabina était-elle aussi une criminelle ? Qu'avait-elle tué ?

Elle entra chez Mambo. Les palmiers artificiels lui parurent moins verts, les tambours moins violents, le parquet, les portes et les murs un peu fanés par l'usure du temps.

Au même moment Djuna arriva, l'imperméable jeté sur son collant noir de danseuse, les cheveux retenus par un ruban d'écolière.

C'est ainsi que les danseurs classiques apparaissent sur la scène, mystérieusement, et, lorsqu'ils disparaissent derrière les colonnes ou dans l'ombre, personne ne leur demande leurs papiers d'identité ou leurs passeports. Djuna arriva comme une véritable ballerine. Elle venait de quitter sa barre d'exercices quelques étages au-dessus de la boîte de nuit. Elle apparaissait de même à Paris quand elle étudiait le ballet à l'Opéra. Sabina ne fut pas étonnée de la voir. Elle se rappelait non le talent de Djuna, ses merveilleuses jambes lisses et nerveuses, mais un certain art de la compassion que la danseuse savait merveilleusement manier comme si elle l'exerçait chaque jour sur une invisible barre de souffrance.

Djuna savait deviner qui avait volé, qui avait trahi, ce qui avait été volé, ce qui avait été trahi. Et grâce à Djuna, Sabina allait peut-être cesser de tomber de ses trapèzes en flammes, de ses échelles d'incendie. Ils étaient tous frères et sœurs, ceux qui se mouvaient sur la scène tournante de l'inconscient et qui, sans avoir jamais l'intention de se mystifier ou de mystifier les autres, étaient pris dans le ballet de leurs erreurs et de leurs déguisements. Mais Djuna, elle, savait distinguer entre l'illusion, la vie et l'amour. Elle savait détecter jusqu'à l'ombre du crime. Elle saurait reconnaître le criminel. Sabina n'avait plus qu'à attendre.

Les tambours avaient cessé de jouer comme étouffés par la végétation inextricable de forêts immenses. L'angoisse de Sabina avait cessé de battre à ses tempes et de la rendre sourde aux bruits du dehors. Son sang avait repris un rythme normal et ses mains reposaient paisibles sur ses genoux.

En attendant que Djuna fût libre, elle se mit à songer au détecteur de mensonges qui avait surveillé ses derniers faits et gestes. Il était là encore, seul, assis ; il écrivait sans arrêt dans un carnet. Sabina se prépara à être interrogée.

Elle se pencha vers lui et l'appela : « Bonsoir, êtes-vous venu m'arrêter ? »

Il ferma son carnet, se leva, alla jusqu'à la table de Sabina et s'assit à côté d'elle. Sabina parla : « Je savais que mon heure viendrait, mais je ne la croyais pas si proche. Asseyez-vous donc. Je sais exactement ce que vous pensez de moi. Vous dites en vous-même : voici la femme falsificatrice, voici l'espionne internationale dans la maison de l'amour (ou dois-je spécifier dans la maison des multiples amours ?). Mais je dois vous avertir : il faut me saisir avec délicatesse ; je m'enveloppe d'un manteau irisé aussi fragile que le pollen des fleurs, et, bien que je consente à me laisser arrêter, si vous prenez possession de moi trop rudement, vous risquez de perdre de nombreuses preuves de ma culpabilité. Je n'ai pas envie que vous salissiez ce manteau délicat peint aux couleurs merveilleuses créées par mes illusions ; aucun peintre n'a jamais su le reproduire. Il est étrange, n'est-ce pas, qu'aucun produit chimique ne puisse communiquer à un être humain ce rayonnement irisé que lui prêtent les illusions. Donnez-moi votre chapeau. Vous avez l'air guindé, mal à l'aise. Alors, en fin de compte, vous avez dépisté tous mes personnages ? Vous rendez-vous compte du courage et de la témérité que réclame ma profession ? Très peu de gens ont ce don.

Chez moi, c'est une vocation. Elle s'est manifestée de très bonne heure par mon habileté à me tromper moi-même. J'étais de celles qui appellent une cour un jardin, une location meublée un foyer. Si je rentrais en retard chez moi, pour éviter de me faire gronder je savais immédiatement imaginer et raconter à mes parents des aventures tellement hallucinantes qu'ils avaient besoin de plusieurs minutes pour en secouer le charme et revenir à la réalité. Je pouvais sortir de mon être habituel, de ma vie quotidienne et changer fréquemment de personnage sans me faire remarquer. Je veux dire que mon premier crime, vous serez peut-être surpris de l'apprendre, je l'ai commis contre moi-même. Ma faute, ce fut de corrompre un jeune être qui était moi-même. J'ai altéré ce qu'on appelle la réalité afin de créer un monde plus beau. J'ai constamment amélioré la réalité. On ne m'a pas arrêtée pour ce crime. Il ne concernait que moi. Mes parents ne furent pas assez avisés pour comprendre que de tels dons de prestidigitation pouvaient donner naissance à une grande artiste, ou du moins à une grande actrice. Ils m'ont battue pour chasser la poussière de mes illusions. Mais, assez curieusement, plus mon père me battait, et plus la poussière s'accumulait et elle n'était ni grise, ni brune, comme la poussière de tous les jours, elle était couleur de l'or. Les aventuriers connaissent bien le mirage de l'or... Donnez-moi votre manteau. Pour votre enquête, cela vous intéressera sans doute d'apprendre que, pour ma défense, j'accuse tous ceux qui écrivent des contes de fées. Je n'accuse ni la faim, ni la cruauté, ni mes parents, mais toutes les merveilleuses promesses de ces contes. Ne disent-ils pas que l'on peut s'endormir dans la neige sans attraper de pneumonie, que le pain ne rancit jamais, que les arbres fleurissent en toute saison, qu'avec du courage on peut tuer des dragons, qu'un souhait suffisamment ardent est toujours exaucé. Les souhaits intrépides, disent les contes de fées, sont plus efficaces que le travail. La fumée qui s'élève de la lampe d'Aladin m'a caché la réalité, et mes premiers mensonges, ce sont les contes de fées qui me les ont appris. Disons que j'avais des tendances perverses : je croyais à tout ce que je lisais. »

En terminant, Sabina se mit à rire et Djuna pensa qu'elle avait trop bu. Elle se retourna :

« Qu'est-ce qui te fait rire, Sabina ?

– Je te présente le détecteur de mensonges, Djuna. Il va m'arrêter.

– Oh ! Sabina ! Tu n'as rien fait qui mérite une arrestation. »

Djuna observait le visage ardent de Sabina. L'intensité et la fièvre qu'elle y avait toujours vues n'étaient plus celles d'une vie brûlante ; on décelait maintenant une contraction des traits et de la peur dans le regard.

« Il faut que je te parle, Djuna... Je ne peux plus dormir...

– J'ai essayé de te trouver lorsque je suis arrivée de Paris. Mais tu changes d'adresse si souvent et même de nom...

– Tu sais que j'ai toujours aimé briser les moules dans lesquels la vie vous enferme si on la laisse faire.

– Mais pourquoi ?

– Je n'accepte pas les frontières, les identités trop précises, tout ce qui fixe quelqu'un à jamais dans une forme, dans un endroit, sans espoir de métamorphose.

– C'est le contraire de ce que l'on désire habituellement, n'est-ce pas ?

– Oui ! J'ai souvent dit que j'avais des problèmes de logement ; en réalité je n'avais pas envie d'une maison. J'aurais préféré un bateau, une caravane, quelque chose qui se meut librement. Je ne me sens à l'abri que lorsque personne ne sait où je suis, lorsque je suis dans une chambre d'hôtel sur la porte de laquelle on a effacé le numéro de la chambre.

– À l'abri de quoi ?

– Je ne sais pas ce que j'essaie de cacher, sinon que je suis coupable d'avoir plusieurs amours, de nombreuses amours au lieu d'un seul.

– Ce n'est pas un crime.

– Mais les mensonges, les mensonges qu'il faut que j'invente !... Tu sais ce que racontent les criminels : "Je n'ai jamais pu me procurer ce que je désirais autrement que par le vol." Moi j'ai souvent envie de dire : "Je n'ai jamais pu me procurer ce que je désirais autrement que par le mensonge."

– En as-tu honte ? »

Sabina prit un ton effrayé : « À chaque nouvelle rencontre, il arrive toujours un moment où je me sens toute seule.

– À cause des mensonges ?

– Oui... Mais si je ne mentais pas, non seulement je me sentirais seule, mais je le serais réellement et je ferais beaucoup de mal. Comment dire à Alan qu'il ne m'est qu'un père ?

– C'est là la raison pour laquelle tu l'as abandonné si souvent, comme on abandonne ses parents. C'est la règle.

– Tu as l'air de me justifier.

– Je justifie tes rapports avec Alan, dans lesquels tu as agi comme un enfant.

– Alan est le seul en qui j'ai confiance, le seul dont l'amour est infini, inlassable, et toujours miséricordieux.

– Ce n'est pas un amour d'homme que tu décris ainsi, ni même un amour paternel. C'est un amour paternel chimérique, idéalisé, inventé un jour par un enfant malheureux. L'amour dont tu as besoin, Alan te l'a donné. Et tu as raison d'avoir confiance dans cet amour. Mais tu le perdras un jour, car il y a d'autres Alan, comme il y a d'autres Sabina, et ils demandent aussi à vivre et à aimer. L'ennemi de l'amour n'est jamais à l'extérieur, ce n'est pas tel homme ou telle femme, c'est ce qui nous manque intérieurement. »

Sabina avait incliné la tête sur sa poitrine comme pour un acte de contrition.

« Ne crois-tu pas que cet homme est là pour m'arrêter ?

– Mais non, Sabina ! C'est toi qui l'imagines. Tu as chargé cet homme de ta faute. Tu vois probablement le reflet de ta faute sur chaque agent de police, chaque juge, chaque parent, chaque individu pourvu d'autorité. Tu le vois à ta façon, comme un reflet de ta pensée. Les yeux du monde sur tes actes, c'est toi qui les vois. »

Sabina releva la tête. Un tel flot de souvenirs se déversa sur elle et si brusquement qu'elle en perdit le souffle. Elle ressentit une douleur violente, une douleur semblable au « choc » que connaissent les plongeurs lorsqu'ils remontent à la surface trop rapidement.

« Dans le monde que tu t'es fabriqué, Sabina, les hommes sont soit des chevaliers du temps des croisades prêts à se battre en ton nom, soit des juges qui ont pris la relève de tes parents, soit des princes enfants qui ne peuvent être des maris.

– Libérez-moi, dit Sabina au détecteur de mensonges, libérez-moi. J'ai dit cela à tant d'hommes. » Elle se mit à rire : « J'étais prête à vous le dire aussi.

– C'est à vous de vous libérer vous-même. Cela viendra avec l'amour, dit le détecteur de mensonges.

– Oh ! j'ai assez aimé ! J'ai beaucoup aimé. Regardez votre carnet. Je suis sûre qu'il est plein d'adresses.

– Vous n'avez pas encore aimé, dit le détecteur de mensonges, vous avez seulement commencé à aller vers l'amour. La confiance n'est pas l'amour, le rêve n'est pas l'amour, le désir et l'illusion ne sont pas l'amour. Ce sont des chemins qui vous ont aidée à sortir de vous-même, c'est vrai, et vous avez cru qu'ils vous conduisaient vers les autres, vers un autre. Mais vous ne l'avez jamais rencontré, cet autre. Vous êtes seulement en chemin. Est-ce que vous voulez maintenant découvrir les autres visages d'Alan, ceux que vous n'avez jamais cherché à contempler, à accepter ? Voulez-vous découvrir l'autre visage de Mambo, celui qu'il a pris tant de soin à vous cacher ? Voulez-vous faire l'effort nécessaire pour découvrir l'autre visage de Philip ?

– Est-ce ma faute s'ils ne m'ont montré qu'un seul de leurs visages ?

– Vous êtes un danger pour les autres. Vous revêtez vos amours de formes mythiques. Pauvre Philip, il est Siegfried, il doit toujours chanter juste et rester éternellement beau. Savez-vous où il est en ce moment ? À l'hôpital avec une cheville brisée. Il a beaucoup grossi à cause de cette immobilité forcée. Vous détournez la tête, Sabina ? C'était le mythe que vous aimiez. Et si Mambo faisait taire son tambour et s'en allait soigner sa vieille mère malade, partiriez-vous avec lui ? Et si une autre femme aimait Alan, oublieriez-vous votre besoin enfantin de sentir sur vous sa protection ? Voulez-vous devenir une véritable actrice, cesser de jouer les Cendrillon dans les théâtres d'amateurs ? Cesser de garder sur votre nez, pour vous amuser, le flocon de neige artificielle de la tempête de neige longtemps après la fin de la pièce, comme pour dire : "Pour moi il n'y a aucune différence entre la neige qui tombait sur la scène et celle qui tombe dans la 5e Avenue." Oh ! Sabina, vous avez constamment pipé les dés dans les jeux de l'amour, pour être sûre de toujours gagner ! Celle qui ne pense qu'à gagner n'a pas encore aimé ! »

Sabina se tourna vers le détecteur de mensonges : « Si je fais tout ce que vous me demandez, cesserez-vous de hanter ma vie, cesserez-vous de prendre des notes dans votre carnet ?

– Je vous le promets, Sabina.

– Mais d'où tenez-vous tout ce que vous savez sur ma vie ?

– Vous oubliez, Sabina, que c'est vous qui m'avez appelé au secours. Vous m'avez donné le droit de juger vos actes. Vous l'avez donné, ce droit, à tant de gens : à des prêtres, des agents de police, des médecins. Vous vous sentiez à l'abri, protégée par votre conscience, à l'abri de la folie. Seule une moitié de votre être souhaite payer pour se libérer des remords ; l'autre moitié, elle, veut être libre. Une moitié se livre, crie “Attrapez-moi”, cependant que l’autre moitié cherche à s’enfuir. Ce n’est qu’un jeu de cache-cache, un jeu de cache-cache avec la justice. Et maintenant, Sabina, vous êtes en fuite, vous fuyez le tourment des amours divisées, vous fuyez le crime de ne pas aimer. Pauvre Sabina ! Vous avez cherché votre unité dans la musique... Votre drame, c’est de ne pas pouvoir aimer... Pourtant, Sabina, si vous aviez été emprisonnée, jugée, vous auriez subi un châtiment moins sévère que celui que vous vous réservez. Nous sommes à nous-mêmes les plus sévères des juges. Nous jugeons nos intentions, nos pensées secrètes, nos rêves même... Vous n’avez jamais envisagé les circonstances atténuantes. Vous ne vous êtes jamais demandé quel choc ancien vous a fait perdre la foi en un amour unique. Vous avez multiplié l’amour par mesure de sécurité. Il y avait de nombreuses sorties de secours entre le cabaret de Mambo, la Vienne de Philip, le monde silencieux d’Alan, ou l’univers évanescent de Donald. La mobilité en amour est devenue une condition de votre existence. Il n’y a aucune honte à rechercher des mesures de sécurité. Votre peur était grande...

– Mes sorties de secours m’ont trahie.

– Viens avec moi, Sabina », dit Djuna.

Les deux femmes montèrent au studio de Djuna, d'où l'on entendait encore le tambour de Mambo.

Comme pour le faire taire, Djuna mit un disque sur l'électrophone.

« Sabina... », commença-t-elle. Mais un quatuor de Beethoven dit à Sabina ce que Djuna ne serait pas parvenue à exprimer. Que la vie est continuité et qu'il faut continuellement traverser des chaînes de cimes et de sommets pour atteindre cette continuité. Qu'en s'élevant, l'esprit parvient au mouvement perpétuel qui transcende la mort et rencontre du même coup la continuité de l'amour en touchant à ce qui constitue l'essence impersonnelle de l'amour absolu. Que cette essence est la somme de toutes les alchimies par lesquelles s'élaborent la vie, les enfants, les œuvres d'art, les découvertes scientifiques, les actes héroïques et les actes d'amour. Que les couples n'ont pas une individualité éternelle mais au contraire interchangeable, afin que soient protégés les échanges des esprits, la transmission des caractères, toutes les fécondations à venir. Que la fidélité n'est autre chose que cette recherche de la continuité, d'un amour constamment grandissant et dont la cristallisation s'achève dans des moments d'exaltation comparables aux sommets de l'art ou des religions...

Sabina se laissa glisser à terre, la tête appuyée contre l'électrophone. Sa large jupe flotta un instant comme un parachute prêt à se reployer, puis s'affaissa et mourut dans l'ombre. Sur son visage, les larmes se mirent à couler, non pas rondes et distinctes comme les larmes ordinaires, mais en un fin voile d'eau. On eût dit que la jeune femme s'enfonçait jusqu'au fond de la mer alourdie par la musique. On assistait à une dissolution complète de ses yeux, de ses traits, comme si elle était en train de perdre ce qui faisait l'essentiel de son être.

En la voyant ainsi, le détecteur de mensonges tendit les mains d'un geste léger, comme s'il voulait la sauver non d'un chagrin véritable mais d'un chagrin qu'elle eût mimé en une danse gracieuse.

« Il existe un remède homéopathique, dit-il, pour ceux que la musique fait pleurer : Pulsatilla. »

DANS LA MÊME COLLECTION

(Extrait du catalogue)

Abé Kôbô
La face d'un autre.
La femme des sables.
L'homme-boîte.
Le plan déchiqueté.

Amado Jorge
La bataille du Petit-Trianon.
Cacao.
Les deux morts de Quinquin-la-Flotte.
Le vieux marin.

Anderson Sherwood
Tar.

Ariyoshi Sawako
Kaé ou les deux rivales.
Les dames de Kimoto.
Les années du crépuscule.

Baldwin James
Si Beale Street pouvait parler.
Harlem Quartet.

Bang Herman
Tine.
Maison blanche. Maison grise.

Barnes Julian
Le perroquet de Flaubert.
Le soleil en face.

Bellatin Mario
Salon de beauté.

Bernières Louis de
La guerre des fesses de don Emmanuel.
Señor Vivo et le baron de la coca.
La calamiteuse progéniture du cardinal Guzman.

Blixen Karen
Sept contes gothiques.

Bounine Ivan
Le monsieur de San Francisco.
Le village.
Le sacrement de l'amour.

Brink André
Un turbulent silence.
Le mur de la peste.

Capek Karel
La vie et l'œuvre du compositeur Foltyn.

Carver Raymond
Tais-toi, je t'en prie.
Parlez-moi d'amour.
Les vitamines du bonheur

Claus Hugo
L'étonnement.

D'Annunzio Gabriele
Terre vierge.
Triomphe de la mort.

Desai Anita
Un héritage exorbitant.

Ditlevsen Tove
Printemps précoce.

Fujiwara Tomomi
Le conducteur de métro *suivi* de Échec au roi.

Garcia Morales Adelaïda
Le silence des sirènes.

Geiszler Horst
Cher Augustin.

Gorki Maxime
Tempête sur la ville.

Goytisolo Juan
Paysages après la bataille.
Chasse gardée.
Les royaumes déchirés.

Graves Robert
King Jesus.

Hackl Erich
Le mobile d'Aurora.

Haïk Farjallah
L'envers de Caïn.
Joumana.

Han Suyin
Ton ombre est la mienne.

Herlihy James Leo
Macadam cow-boy.

Hesse Hermann
Demian.

Hoffmann E.T.A.
Nouvelles musicales.
Les Élixirs du diable.

Inoué Yasushi
Confucius.
Les chemins du désert.
Combat de taureaux.
Le faussaire.
Le fusil de chasse.
Histoire de ma mère.
Le maître de thé.
La chasse dans les collines.
Pluie d'orage.
Au bord du lac.

Jacobsen Jen Peter
Niels Lyhne.

James Henry
L'autel des morts.
Les papiers de Jeffrey Aspern.
Le regard aux aguets.
Daisy Miller.
Le tour d'écrou.
Impressions d'une cousine.
L'Américain.

Johnson Eyvind
Le roman d'Olof.

Kadaré Ismail
Récits d'outre-temps.
Les adieux du mal.
Le firman aveugle.
Concours de beauté masculine.
La ville sans enseignes.

Kaniuk Yoram
Confessions d'un bon Arabe.

Kästner Erich
Trois hommes dans la neige.

Kazan Elia
America, America.

Kesey Ken
Vol au-dessus d'un nid de coucou.

Kharitonov Mark
Proknor Menchoutine.

Kiš Danilo
Le luth et les cicatrices.

Kivi Aleksis
Les sept frères.

Lagerkvist Pär
Le bourreau.
Contes cruels.
La mort d'Ahasverus.
Le nain.
La sibylle.
L'exil de la terre.

Lagerlöf Selma
L'anneau du pêcheur.
Les écus du messire Arne.
L'empereur du Portugal.
Jérusalem en Dalécarlie.
Jérusalem en Terre sainte.
La légende de Gösta Berling.

Lange Hartmut
Une fatigue.

Lawrence D.H.
Ile, mon île.
Le renard.
Matinées mexicaines.

Luxun
Journal d'un fou.

McCarthy Mary
L'oasis et autres récits.

McCullers Carson
Le cœur hypothéqué.
Frankie Addams.
Reflets dans un œil d'or.
La ballade du café triste.
L'horloge sans aiguilles.
Le cœur est un chasseur solitaire.

Malerba Luigi
Clopes.
Le feu grégeois.
Les pierres volantes.

Mann Thomas
Tonio Kröger.
La mort à Venise.

Mansfield Katherine
Cahier de notes.
La garden-party.
Lettres.
Pension allemande.

Martinson Harry
Voyages sans but.

Meras Icchokas
La partie n'est jamais nulle.

Meyrink Gustav
Le Golem

Miller Henry
Virage à 80.
Max et les phagocytes.
Dimanche après la guerre.
Entretiens de Paris.
Tropique du Capricorne.

Nabokov Vladimir
Don Quichotte.
Austen, Dickens, Flaubert, Stevenson.
Proust, Kafka, Joyce.
Gogol, Tourguéniev, Dostoïevski.
Tolstoï, Tchekhov, Gorki.

Nasreen Taslima
Lajja.
Scènes de mariage.

Nicolson Nigel
Portrait d'un mariage.

Nin Anaïs
Les miroirs dans le jardin.
Les enfants de l'Albatros.
Les chambres du cœur.
Une espionne dans la maison de l'amour.
La séduction du Minotaure.

Oates Joyce Carol
Solstice.
Confessions d'un gang de filles.
Nous étions les Mulvaney.

O'Brien Edna
Qui étais-tu Johnny ?
Les grands chemins.
Lanterne magique.

O. Henry
New York tic tac.

Olivia
Olivia par Olivia.

Penn Warren Robert
La grande forêt.
Les fous du roi.

Perutz Leo
Turlupin.

Pingwa Jia
Le porteur de jeunes mariées.

Prawer Jhabwala Ruth
Chaleur et poussière.
La vie comme à Delhi.
Cette lutte incertaine.

Purdy James
L'oiseau de paradis.

Queiroz Rachel de
L'année de la grande sécheresse.

Radičević Branko
Le trou de la serrure.

Ribeiro Aquilino
Casa Grande.

Sackville-West Vita
Escales sans nom.

Savinio Alberto
La maison hantée.

Schnitzler Arthur
Madame Béate et son fils.
Mademoiselle Else.
Mourir.
La pénombre des âmes.
La ronde.
Vienne au crépuscule.
L'étrangère.

Scott Walter
La fiancée de Lammermoor.

SINGER ISAAC BASHEVIS
Amour tardif.
La corne du bélier.
Le domaine.
Le manoir.
Ennemies.
Yentl.
L'esclave.
Le fantôme.
Au tribunal de mon père.
Le blasphémateur.
Le beau monsieur de Cracovie.

SPARK MURIEL
Le pisseur de copie.
L'unique problème.
Memento mori.
L'appropriation.
Robinson.
L'abbesse de Crewe.
Demoiselles aux moyens modestes.

STANGERUP HENRIK
Lagoa Santa.

TANIZAKI JUNICHIRO
Deux amours cruelles.

TEKIN LATIFE
Contes de la montagne d'ordures.

TEVIS WALTER
La couleur de l'argent.

THOMSON RUPERT
L'Église de Monsieur Eiffel.

TOLSTOÏ LÉON
La mort d'Ivan Ilitch.
Un cas de conscience.

TOLSTOÏ COMTE LÉON L.
La vérité sur mon père.

TOURGUENIEFF IVAN
L'abandonnée.
L'exécution de Troppmann.
Fumée.
Journal d'un homme de trop.
Dimitri Roudine.

TRAVEN B.
Le visiteur du soir.

TYLER ANNE
Toujours partir.

UHLMAN FRED
Il fait beau à Paris aujourd'hui.
La lettre de Conrad.

UNDSET SIGRID
L'âge heureux.
Jenny.
Vigdis la farouche.

VANDERBEKE BIRGIT
Le dîner de moules.
Apocalypse non !

WERFEL FRANZ
Le passé ressuscité.

WIECHERT ERNST
La servante du passeur.

WILDE OSCAR
Intentions.
De profundis.
Nouvelles fantastiques.

WILSON ANGUS
Saturnales.

WOLF CHRISTA
Cassandre.
Aucun lieu, nulle part.
Scènes d'été.
Ce qui reste.
Incidence.
Trois histoires invraisemblables.
Changement d'optique.
Médée.

WOLFE THOMAS
De la mort au matin.

WOOLF VIRGINIA
Orlando.

YAMATA KIKOU
Masako.
La dame de beauté.

ZWEIG STEFAN
Amok.
La confusion des sentiments.
Le joueur d'échecs.
Vingt-quatre heures de la vie d'une femme.
Nietzsche.

Achevé d'imprimer en janvier 2003
sur presse Cameron
par ***Bussière Camedan Imprimeries***
à Saint-Amand-Montrond (Cher)
pour le compte des Éditions Stock
31, rue de Fleurus, 75006 Paris

Imprimé en France
Dépôt légal : janvier 2003.
N° d'Édition : 28183. N° d'Impression : 025839/4.
54-12-5542/3
ISBN 2-234-05542-3